진동선 바이오그래피 1982-2012

영원한겨울
진동선

진동선 · 도영임 대화
스토리 큐레이팅 김남지

gasse·가쎄

영원한 거울 진동선

진동선 바이오그래피 1982 - 2012

영원한 거울 진동선
진동선 바이오그래피 1982-2012

©진동선 도영임 김남지 2012

초판 1쇄 인쇄 2012년 6월 15일
초판 1쇄 발행 2012년 6월 15일

진동선 · 도영임 대화
스토리 큐레이팅 김남지

펴낸곳 도서출판 가쎄 [제 302-2005-00062호]

주소 서울 용산구 이촌동 302-61 201
전화 070. 7553. 1783
팩스 02. 749. 6911
인쇄 정민문화사

ISBN 978-89-93489-24-8

값 12000원

진동선 바이오그래피 1982-2012

영원한거울
진동선

gasse·가쎄

8시간의 이야기로 돌아보는 30년의 시간 여행, 그 내면의 풍경

벼락을 맞고 무엇엔가 홀린 듯 사진의 길에 들어선 한 남자가 있습니다.

세상 사람들은 끊임없이 '여긴 감히 네가 올 곳이 아니다,' 라고 말했지만 결국 그는 그 자리에 남들과 다른 '어떤 작은 흔적'을 만듭니다. 그 길을 걷는 과정에서 그는 자신의 존재를 무언가 알 수 없는 부름을 받은 밀사(密使)라고 느낍니다.

자신이 밀사라 느끼는 감정이 남들이 알아주는 사실이든 사실이 아니든 실은 별로 중요하지 않습니다. 오히려 우리가 더욱 가치 있게 바라보아야 할 것은 지천명(知天命))의 나이라 부르는 오십 대에 도달한 한 남자가 숨 가쁘게 달려왔던 지난 30년간의 시간을 돌이켜 자신이 지금까지 구축해 온 세계가 정말 무엇인지 스스로에게 되묻고 있다는 사실입니다.

가던 길을 멈춰 서서 마음의 거울을 들여다보며 자신이 걸어온 길의 내밀한 풍경을 말하고, 자신이 가진 존재의 의미와 가치를 스스로 성찰하려는 인식의 과정에 직면해 있다는 사실입니다.

"나를 찾아 떠나는 거요. 내 안의 것을 확인하는 것, 만나는 것, 새겨보는 거죠. 나를 향한 여행이죠. 늘 그랬던 것처럼……. 길과 사진이 곧 '나다' 라는 생각이 계속 드니까요. 길은 그래요. 두 가지 처절한 고독을 안고 있죠. 수평의 고독과 수직의 고독. 수평의 고독은 하염없는 끝이 안 보이는 아득한 길 자체고요. 수직의 고독은 그 수평의 고독을 버팀목으로 서 있는 흔들리는 것들이죠. 전봇대, 철탑, 나무처럼 수직으로 외롭게 흔들리고 있는 것들이죠. 저는 항상 그런 말을 했어요. 길에는 두 개의 고독이 존재하고 있다. 흔들리면서 서 있는 것들과 영원히 끝 모를 아득함으로 누워 있는 것. 그게 길이죠. 저를 닮았고 저를 향하고 저를 기다리고 안아주는 것이 길이죠. 길과 저는 너무도 잘 맞아요."

현재 거울 속 풍경에서 만난 그의 외롭고 다소 수줍은 모습이 남들의 눈에는 미처 완료되지 못한 안타까움과 아쉬움을 결핍으로 남긴 미완(未完)의 상태로 보일지라도, 그것은 아직 다가오지 않은 미래의 삶의 변화 가능성을 무의식적 은유의 상태로 배태한 끝나지 않은 여행의 새로운 시작이기도 합니다.

벼락 맞고 홀린 듯 30년을 살았던 한 남자가 지금은 거울을 들여다보고 있습니다.

"제 경우는 거울 속에 있는 나를 보고 불쌍하다고 말하죠. '너 힘들었다.' 말해보는 거죠……. 나이 들어서 거울을 보면 '너 힘들었어. 고생했어.' 가 나오거든요."

우리는 드러내기와 숨기기라는 사진 작업이 가진 진실을 사람들 마음의 이야기에도 적용해 볼 수 있을 것입니다. 타인에게 보이는 세계와 보이지 않는 세계를 가로질러 자신이 스스로 자신의 삶에 대해 어떻게 느끼고 생각해왔는가를 세상에 전면적으로 드러내 보인다는 행위에는 아주 큰 용기가 필요합니다.

그것은 자신의 약함, 수치심, 두려움, 부족함에 대한 자각과 더불어 근거를 알 수 없을 만큼 강렬한 생동감과 삶을 향한 열망, 자부심에 사로잡히곤 하는 인간 존재의 양면성에 대한 자기 성찰의 과정이기 때문입니다.

또한, 두 세계를 붙들고 더욱 적극적으로 두 세계를 통합하고 재구성함으로써 자신의 삶을 근본에서부터 움직이게 하는 더 큰 내면의 힘이 과연 무엇인지를 재발견하고 깨우치려는 아픈 모색의 과정이기도 하기 때문입니다.

한 남자가 거울을 들여다본 후 마음속에 숨겨져 있던 아픔과 상처를 이렇게 자각합니다.

"지금도 제 마음에 가장 아픈 것 하나가 '선물'이고 '선물 나눔'입니다. 선물을 받아 본 적도 주어 본 적도 없이 성인이 되어버림으로써 나눔의 기쁨과 행복을 배우지 못했다는 아픔과 상처가 큽니다."

삶이라는 것에 쫓기고, 상황이라는 것에 쫓기고, 일상이라는 것에 쫓기다 보니 우리는 내면의 목소리를 차분히 들어볼 기회도, 그 속내 이야기를 누군가와 함께 나눠볼 기회도 변변히 갖지 못했습니다. 그러한 자기 모습이 안타까워, 그러한 자기 모습이 안쓰러워, 자기와 닮은 꼴로 살아가고 있는 사람들에게 숨겨진 이야기보따리를 풀어 선물하려고 결심합니다.

책 속의 이야기는 오십 대의 한 남자가 사진과 함께한 인생길에서 자신이 만난 풍경들에 대해 말하고 있는 것입니다. 하지만 이 책에서 다루고 있는 풍경은 물리적 세계라기보다는 차라리 자신의 내면의 세계와 깊이 맞닿아 있는 주관적 성찰의 풍경에 가깝습니다.

한국 사회에서 지금의 오십 대는 자기 이름을 잃고, 자신의 이야기를 잃어버린 세대라는 자조 섞인 이야기가 들려옵니다.

이 책에는 사진밖에 모르는 남자가 삶이라는 이름의 거울을 들여다보며 난생처음 자신의 속마음을 꺼내어 '내가 진정으로 그리워하는 것들이 무엇인가' 이야기를 풀어놓는 모습이 들어있습니다. 이 책을 통해 자기 이야기를 잃어버리고 살아가고 있다고 생각하는 많은 오십 대의 사람들이 스스로 자기 마음의 풍경을 비추어 볼 작은 계기로 삼고, 각자 자기의 자리에서 저마다의 이야기가 가진 풍요로운 내적 풍경의 세계를 되찾는 신비로운 여행을 함께 떠나게 되길 진심으로 바랍니다.

도영임 KAIST 문화기술대학원 교수, 심리학 박사

인터뷰 시작합니다

어머니 참 많이 닮으셨어요.

아! 우리 어머니요? 그런가요?

딱 보자마자 어머니시네! 했어요.

어머니 얼굴을 처음으로 책에 한번 실었는데 아마 그때가 2010년 재작년? 어머니 연세가 아흔을 넘어서였죠. 어머니 모습을 그동안 카메라에 많이 담았는데 단 한 번도 밖으로 드러낸 적이 없었죠. 훗날 제가 없더라도 혹은 어머니가 안 계시더라도 어딘가에 사진으로 박혀둬야 오랫동안 어머니 얼굴이 남을 수 있겠다는 생각에서 책에 어머니 초상 사진을 한 장 실었습니다. 물론 책의 내용은 사진의 '존재증명 부재증명'을 말하는 것이었는데 어머니 초상을 책에 박아버리니까 금방 제 얼굴과 비교가 되어 버렸네요. '닮음'을 속성으로 하는 사진의 고유한 속성이 드러났네요.

그래서 이렇게 책에 박아놓으셨군요. 그런데 아버님 사진은...

아버지요. 아버지는 제 나이 20살 때 돌아가셨어요. 사진을 하기 전이었지요. 21살 때 한국전력에 입사하고 또 몇 년의 시간이 흐르고 23살 때, 딱 30년 전 1982년에 카메라를 사고 사진을 시작했으니까 그전에는 카메라를 만진 적도, 또 집에 카메라도 없었기 때문에 아버지 초상은 사진으로 존재할 수가 없습니다. 기억 속에만 있다는 것이 아쉬울 때가 있습니다.

입사를 참 일찍 하셨네요?

가정형편 때문이었습니다. 경제적으로 몹시 어려운 가정에서 태어나 자랐습니다. 막내로 태어나 그래도 저는 중학교에 다닐 수 있었는데 형, 누나들은 초등학교밖에 다니지 못했지요. 제가 중학교를 졸업하고 고등학교를 2년 동안 진학을 못했는데 가정형편이 그 정도밖에 안되다 보니까 어린 나이인데도 일찍부터 취직할 생각을 했고 스스로 자립해야 한다는 생각이 아주 강했던 것 같아요. 2년 늦게 고등학교에 진학하다 보니 2학년 때 신체검사 통지서가 나왔는데 그때 너무 놀랐던 기억이 납니다. 바로 군대 가는 줄 알고요. 잘 모르니까 그때부터 어찌하면 군대에 늦게 갈 수 있나, 어찌하면 병역을 연기할 수 있나 그 문제 때문에 고교 시절을 스트레스로 보냈습니다. 다행히 제가 공고 전기과를 다니고 자격증도 따고 운 좋게 국가방위산업체인 한국전력에 입사할 수 있어 경제적 문제, 병역문제를 한꺼번에 해결할 수 있었지요. 그 시절은 공고, 상고생들이 거의 고3 때 대부분 취업을 했는데 공채로 한국전력에 입사했으니 사회생활을 빨리 시작한 편이죠.

전기과는 어떻게 해서 들어가게 된 거예요?

초등학교 때였어요. 어느 날 학교에 가고 있는데 갑자기 위에서 뭔가가 툭 하고 떨어지는 거예요. 그래서 위를 봤더니 어떤 사람이 전봇대에 매달려 있는데 전 그게 그렇게 멋있어 보일 수가 없었어요. 그래서 다른 친구들은 전부 학교에 갔는데 전 그 사람이 내려올 때까지 기다렸다가 물었죠.

"아저씨 왜 전봇대에 올라가셨어요?"라고 물으니까 아저씨가 "전기를 고치러 올라갔지."라고 하더군요. 그래서 제가 "전기가 뭐예요?" 물으니까 "집에 불이 들어오게 하는 거란다. 어둠을 밝혀주는 거지"라고 하더군요.

그때 생각했어요. '전기가 큰 기술이구나.' 나도 이다음에 전기회사에 다녀야겠다. 그런데 '전기'라는 말과 함께 생생하게 따라왔던 것이 '어둠을 밝힌다'는 말이었어요. 깜깜한 어둠을 환하게 하는 전기, 전기의 기능이 어린아이였지만 강한 미래적 화두 같았다고 할까요? 아무튼, 그 이후로는 라디오, TV 기술이 더 멋져 보여서 만약 공고를 간다면 전자과를 갈 생각했는데 그게 운명이었던지 전기과를 들어가고 전기회사에 다니게 되었습니다. 물론 그 중요한 '어둠을 밝힌다.'는 개념은 없었지요.

고등학교 때 벌써 한전에 입사하셨고 그럼 사진은 언제부터 하신 거예요?

처음 카메라를 사서 사진을 찍은 때는 1982년 4월 말 아니면 5월 초로 기억해요. 배나무 배꽃을 찍었으니까. 그로부터 4년 정도 울산에서 아마추어 사진작가로 활동하다가 1986년 3월에 홍익대 대학원에 사진학과에 진학했으니까 사진의 첫 시작은 1982년, 사진전공자의 길은 1986년입니다. 21살에 입사하여 29살에 사진의 길을 가려고 한국전력을 그만뒀으니까 인생의 진로를 바꾼 것은 1986년 스물아홉 살입니다. 그러나 비록 아마추어라곤 해도 열심히 사진 활동을 했으니까 25살, 지금 나이 55살 올해로 카메라를 잡은 지 30년이 되는 해죠. 저 개인적으로 의미가 많은 해라고 생각합니다.

돌이켜보면 제 인생은 예술하고 아무 관련이 없는 삶이었어요. 친가 쪽 외가 쪽, 집안 어디에도 예술과 관련된 사람이 없었고 워낙 외진 동네, 가난한 집안에서 태어나 자랐기 때문에 예술은커녕 문명과 문화도 제대로 만나지 못하고 자란 환경이었어요. 제 친가 쪽에서 유일한 직업이 자동차 정비였는데 그러다 보니 친척들 가운데 자동차 정비, 수리, 세차 쪽에 일하는 분이 많았고 또 그러다 보니 인생의 시작을 그쪽 업종에서 하게 되는 경우가 많았지요. 정말 예술하고는 거리가 먼 가문입니다. 그것은 지금도 마찬가지고요. 저의 큰 형님은 여전히 개인 트럭을 몰고 있으시고요. 큰 집 형님들 몇 분은 30년 넘게 자동차 정비업을 하고 계시지요.

형제가 어떻게 되세요?

3남 3녀 중 막내예요. 큰 누님은 제가 초등학교 다닐 때 돌아가셨기 때문에 함께한 삶이 짧았습니다. 그래서 원래는 3남 3녀인데 3남 2녀처럼 가족이 살아왔지요. 가난해서 제 위의 형, 누나들이 참 고생을 많이 했다는 생각을 합니다. 저도 고등학교를 진학 못한 2년 동안 어린 나이에 일찍 세상에 나와 이런저런 고생을 많이 했지만 형, 누나들에 비하면 고생도 아니었다는 생각을 해요. 그런데 저와 달리 형, 누나들은 참 인자하고 마음도 너그럽고 무엇보다 베풂과 나눔을 실천하면서 사시는데 저는 어린 시절의 고생과 홀로 견뎌냄이 너무 깊게 상처로 박혀서 아직도 그러질 못하고 있습니다. 여전히 가슴 깊은 곳에 극한의 분노가 자리 잡고 있다는 생각을 해요.

태어나신 고향은 어디세요?

전남 고흥 녹동입니다. 좀 더 말하면 녹동 북촌마을에서 태어났습니다. 우리 동네 앞이 소록도라서 소록도 앞이라고 말하면 더 빨리 아는 것 같습니다. 우리 집 앞에서 직선거리로 400미터 앞에 소록도가 있지요. 한센병이라고 말해지는 나병환자 촌이 일제 강점기부터 있었지요. 소록도라는 이름이 말하듯이 참 아름다운 곳입니다. 제 고향 녹동도 아름다운 바다, 풍요로운 농산물, 수산물이 가득하고요. 특히 예부터 김, 마늘, 유자 산지로 유명하지요. 그래서 전라남도 다른 시, 군보다 재정자립도가 높은 편이죠. 제 고향 출신의 유명 인사들은 대개 운동선수였는데 돌아가신 레슬러 김일, 권투선수 유제두, 박종팔 등등 주로 힘을 쓰는 사람들이 많이 나왔지요. 예술가들은 드문데 화가 천경자 씨가 고흥 출신으로 제가 알고 있는 유일한 사람입니다. 저희 집은 농산물과 해산물이 풍부한 고장인데도 워낙 기본 가세가 약하여 배도 없고 전답도 없어 아버지는 쌀장사를 해보시다가 망해서 배 선장 일을 하셨는데 도무지 월급을 갖다 주지 않아서 어머니께서 3남 3녀 먹여 살리느라고 온갖 품삯 일을 다하셨습니다. 지금도 제 마음에 가장 아픈 것 하나가 '선물'이고 '선물 나눔'입니다. 즉 선물을 받아 본 적도 주어 본 적도 없이 성인이 되어버림으로써 나눔의 기쁨과 행복을 배우지 못했다는 아픔과 상처가 큽니다. 가장의 경제력이 취약하니 살림하고 아이 키우는 어머니의 심정이 어떻겠어요. 거의 매일 싸우는 소리였지요. 어머니께서 참 많은 육체적 노동을 하셨는데 그래서 지금도 고생하던 어머니를 생각하면 마음이 너무 아파요. 늘 싸우는 모습을 보고 자라고 그럴 때마다 저마다 그 순간에 무엇을 해야 할지 찾다 보니까 형제들이 인성은 약해지면서 반대로 자립심,

25

자생력은 강해져 형제들 모두가 어린 나이에 집을 떠나 스스로 살아가더라고요.

전 막내라서 그런지 어려운 가정형편이지만 부모님이 '오냐 오냐' 해주시고, 형제들 모두가 땔감을 구하려고 산으로 들로 나갔는데 저는 집안일도 면제해주시고 나가 놀라고 해서 육체적으로 힘든 것은 없었는데 대신에 세상에 대한 생각, 눈치, 나와 다른 아이들과의 차이, 차별, 결핍 등 너무 차이가 나는 사회적, 경제적, 문화적 조건들과 비교하고 생각하고 고민하는 '혼자만'의 생각이 깊은 아이가 된 듯합니다. 집에 아무도 없었습니다. 아버지 배 타러 나가시고 어머니도 품삯일 하러 나가시고 형, 누나들은 외지로 나가거나 식모살이 갔거나 땔감 구하러 나갔기 때문에 저는 늘 혼자였어요. 장롱문을 닫고 푹신한 이불꼭대기에 누워 어둠과 친해지거나, 컴컴한 마루 밑에 들어가 환한 마당을 한없이 바라본다거나, 인근 산에 올라가 덤불숲에 아카시아 잎으로 아지트를 구축해 혼자 웅크리고 있다거나, 바닷가로 나가 바위틈에 솥단지를 얹어놓고 혼자 밥을 해먹는다거나 등등 혼자만의 공간에서 홀로 지내는 일이 일상이었습니다. 그러다 보니 성장하면서 폐쇄공간에 대한 적응력이 높고, 어둠에 강하고, 혼자 있는 것, 홀로 하는 것에 자신 있고 편하고, 그에 반하여 무리 속에 있거나 단체 속에 있을 때 적응이 어렵고 외로움을 타고 고립감을 느끼고, 특히 부유하고 화려하고 성대한 만찬, 사교, 모임, 자리에는 말할 수 없이 한순간에 불편해지고 불안해지고 심지어 공격성과 불온함으로 나타나 함께 있는 사람들을 힘들게 곤란스럽게 하는 경우가 지나온 삶에 참 많았던 것 같아요. 아마도 제가 여전히 깊은 어둠으로부터 헤어나지 못한 것은 제 유년의 깊은 상처로 보입니다. 살아오면서 치유가 됐어야 하는데 사진을 하다 보니, 사진 속의 어둠과 친구가 되다 보니 때를 놓친 것 같아요. 지금도 여전히 어둠이 좋고 어둠에 강하고 여전히 유년의 컴컴한 장롱 이불 위에서처럼, 어둑한 마루 밑처럼 나 혼자 맞는, 혼자 견디는 깊은 어둠이 그렇게 편할 수가 없었어요. 돌이켜보면 30년 사진 인생을 그토록 열심히 진지하게 사랑할 수 있었던 것은 '혼자 할 수 있는' 사진이 주는 그 깊은 어둠의 상자(암상자) 때문이 아닐까 싶어요. 사진이 깊은 어둠에 한 줄기 빛이 들어가 세상이 나타나는 지독한 어둠의 상자 '카메라 옵스큐라(camera obscura, 어두운 방)'이기 때문이지요. 나를 키웠던 유년의 깊고 어두웠던 산맥, 그리고 역시 나를 키운 깊은 어둠의 사진들은 어쩌면 오랫동안 어둠 속에 있었고 그 어둠에서 오로지 혼자 세상을 바라보고 생각하고 표현하는 그 음침하고 음습했던 폐쇄공간 때문이라고 봐요. 지금도 그렇지만 너무 좋아합니다. 어둠을, 밀실을 고립과 폐쇄를. 그것들은 스스로 닫은 게 아니라 이미 오래전부터 일상처럼 닫혀 있었던 거지요. 셔터를 누르기 전의 카메라 안쪽처럼 그것이 정상인 것처럼.

서울은 어떻게 올라오게 된 거였어요?

아마도 사춘기 때문이었던 것 같아요. 가정 형편상 고등학교에 가지 못하고 우체국 사환으로 전보배달을 하거나 이제 막 가설을 시작한 전화국 사환으로 사다리를 들고 다녀야 했는데 그 모습을 고등학교 교복을 입은 중학교 동창인 여자애들에게 보이는 게 죽기보다 싫었던 것 같아요. 그래서 큰 형이 살고 있는 경기도 안양으로 가자고 매일 졸랐고 막판에 단식투쟁에 들어갔는데 어머니가 제게 졌지요. 어찌 보면 형이 사는 도시로 데려가고 싶은 마음이 어머니에게 없진 않았는데 이제 막 군대에서 제대한 형이 제 앞가림도 빠듯하다는 사실을 너무 잘 알고 계신 어머니께서 동생까지 데리고 올라갔을 때 형이 직면할 경제적 어려움, 여기에 장남인 큰 형 역시 삶에서 박혀버린 분노가 언제 한순간에 어머니와 제게 쏟아질지 모르기 때문에 두려웠던 모양입니다. 그래도 막냇자식 죽일 수는 없다고 어머니가 타협안을 제안했습니다. 큰 형이 있는 안양에 가긴 하되 형이 내려가라고 하면 지체 없이 내려와야 한다고. 지금도 기억합니다. 1976년 4월 10일 순천에서 통일호를 타고 14시간 만에 안양역에 도착하여 도시의 새벽을 보았다는 것. 그렇게 오래 기차를 탔는데 전혀 지겨움을 느끼지 못했다는 것. 당연하죠. 지금도 그렇지만 기차, 비행기로 장시간 여행을 해도 저는 지루함을 모릅니다. 폐쇄성이 제게는 장기입니다.

형님이 있으라고 하셨나 보군요. 그래서 그때부터...

처음에는 그렇지 않았어요. 지금도 그날을 생생히 기억해요. 형님이 살고 있는 안양시 냉천동 426번지, 방 한 칸짜리 찬우물마을이었어요. 형님이 살았던 방의 구조는 제 책 〈한 장의 사진미학〉에서 짧게 언급한 적이 있는데 그날 새벽 4시 반 경에 도착하여 형님 집 방문을 열고 들어갔을 때 저는 그렇게 차가운 단칸방을 느껴본 적이 없었어요. 한겨울도 아니고 사월인데 말 그대로 완전 냉방이었어요. 작은 방에 야전침대 하나, 공무원 책상 하나가 전부였어요. 책상 위에는 빈 코카콜라 병 28개 정도가 있었고 형님이 그렇게 살고 계시더라고요. 어머니 말로는 군 수송병으로 제대한 후에 택시회사 스페어 기사로 일하시면서 하루 벌면 하루 노름판에 가서 다 날렸기 때문에 돈 한 푼을 저축할 수 없는 삶이었다고 해요. 그날 저랑 어머니랑 부엌을 보았는데 말도 안 나왔습니다. 쌀 한 톨,

연탄 한 장도 없었지요. 날이 새서 쌀을 사고 밥을 하고, 연탄을 사고 방을 덥혔는데 형은 이틀 후쯤에 집에 들어오시더라고요. 그런데 우리가 올라온다는 사실을 몰랐던지 어머니와 저를 보시자마자 책상 위에 있던 콜라병을 던져 깨면서 말씀하시더라고요. 지금도 형의 말이 생생합니다. "나도 혼자 몸으로 살기 힘든데 동생까지 데리고 올라오면 어찌하겠다는 거냐?" 모든 화를 어머니에게 쏟았는데 어머니는 가만히 있더라고요. 형의 성질을 알아서인지, 그럴 만도 하다는 것인지 모르겠는데 형이 문을 박차고 나간 뒤에 어머니께서 우시더라고요. 전 그때 가만히 있었습니다. 저 때문이라서 어디로 도망치고 싶은데 도망가지도 못하고 눈치만 살피면서 쥐죽은 듯 엎드려 있었지요. 그런데 형도 제게 단 한 번도 화를 내시지 않았고, 뭐라 한 적도 없으셨고, 형에게 당한 어머니께서는 저를 보고 화는커녕 모든 걸 감내하는 모습을 보여서 미안하기도 하고 죄스럽기도 했습니다. 지금도 두 분께 참 고마워요. 그 극한 상황에서 문제의 주범인 제가 다치지 않게 제 마음을 편하게 해주신 것에 대해서.

형이 문을 박차고 나가신 후에 어머니께서는 다시 연탄을 좀 더 들이시고 쌀도 조금 더 사다 놓으셨는데 그 정도만 있다가 내려갈 생각이었습니다. 한 5일 치 정도. 저도 그쯤이면 내려가겠구나 생각했는데 4일 후에 형님이 집에 들어오시더니 좀 더 날이 따뜻해지면 동생 데리고 내려가라고 말씀하시더군요. 장남으로서 미안했던 모양입니다. 큰 형의 성격은 막내인 제가 보기에도 좀 까칠하셨어요. 그래서 형, 누나들이 모두 무서워했었거든요. 어쨌거나 형이 날 풀리면 내려가라고 했으니 저는 좀 더 시간이 생겼다고 아주 기뻤습니다. 형이 그렇게 말하면서 버스 회수권 10장을 주신 걸로 기억이 나요. 당시 안양에서 서울

중앙청까지 가는 103번 버스를 타고 절대 내리지 말고 창밖으로 서울 구경을 하라면서요. 그렇게 매일 종점에서 종점으로 하루에 한 번씩 서울의 모습을 창밖으로 구경했지요. 그때 한강을 보고 신촌을 보고 광화문, 중앙청을 보았습니다. 말로만 들었던 서울의 모습을.

그렇게 4일 정도를 차창 밖으로 서울구경을 했을까요? 저녁때 형이 절 어딜 함께 가자고 하더군요. 형이 절 데리고 간 곳은 큰 집의 아주 큰 형님이 일하시는 버스 세차장이었습니다. 버스 타이어가 펑크 나면 때우기도 하고 세차도 하고 그런 곳인데 네가 할 수 있고 마음이 있다면 거기서 일하면서 용돈벌이 하라더군요. 너 앞가림을 할 수 있다면 시골 내려가지 말고 안양에서 형과 어머니와 살수 있다면서요. 은혜와 광명의 말이 따로 없었습니다. 바로 다음날부터 버스 세차일을 시작 했습니다. 물론 어리니까 세차는 못하고 버스가 종점에 도착하면 빗자루로 버스 바닥을 청소하는 정도였지요. 그런데 하루 종일 그 일을 하다 보면 잔돈을 줍는 일이 쏠쏠했어요. 특히 야간버스에서 바닥에 떨어진 동전들이 더 많았고, 어떤 때는 지폐. 지갑까지 떨어져 주울 정도로 당시 버스들은 실내가 어두웠어요.

그래서 그때부터 습득된 동전으로 저축하고 저축한 돈을 형에게 보여줌으로 시골로 내려가지 않아도 되는 경제력 과시를 위해 정말 열심히 일했던 것 같아요. 그러니까 이때, 마지막 버스가 종점에 도착하는 시간이 대략 새벽 1시 전후였는데 막차까지 청소하는 야간작업이 참 좋았어요. 아! 나는 밤이 좋구나. 아무도 없는 나만 일하는 밤이 좋구나. 그런 생각을 고등학교에 들어가기 전에

이미 확실히 한 것 같아요. 여전히 어둠은 절 에워싸고 절 좋아하고 절 편안하게 했습니다.

그리고 아마도 여름으로 기억해요. 학원광고가 버스 바닥에 많이 떨어져 있었으니까 7월 초쯤 될 거예요. 입시 학원 전단지들을 보니까 갑자기 고등학교에 가고 싶더라고요. 그래서 어느 날 형에게 아주 조심스럽게 말을 했지요. 제가 벌어서 고등학교를 가 볼 테니 형 곁에서 계속 살게만 해달라고. 그랬더니 형이 웃으면서 "시험 볼 때까지 시골집으로 내려가는 일은 없을 것이다"라고 하더군요. 70년대 당시는 상고, 공고도 공부를 잘하는 학생들이 많이 입학했기 때문에 쉽지 않았지요. 전 시골중학교에 다녔고 졸업한 지 2년이나 되었기 때문에 형이 볼 때 가능성이 없어 보였겠지요. 어쨌든 여름부터 고입준비를 했고 안양공고 전기과에 들어가게 되었어요.

울산에서의 첫 삶, 그리고 사진은 어떻게 시작하신 건가요?

1978년 10월 10일 한국전력 연수원에 신입연수생 93기로 입교를 했지요. 여기서 4주 교육을 받으면 보직을 지정받고 해당 근무처로 발령이 납니다. 전 발전직군으로 보직을 받고 울산화력발전소로 발령을 받았지요. 그래서 그해 12월부터 제 인생의 새로운 삶이 울산에서 시작되었습니다. 그런데 제가 발전업무, 즉 발전소 운전원이다 보니 24시간, 4조 3교대로 일을 하지 않을 수 없었고 그러다 보니 밤, 새벽 일을 밥 먹듯이 하는 제대로 된 올빼미 인생을 시작하게 됐어요. 밤 근무, 새벽 근무를 5~6년을 하다 보니 완전히 체질로 바뀌더군요.

제가 맡은 일 자체에 대한 열정이 없어서 그렇지 밤과 새벽이 주는 평온함은 아침과 낮이 주는 번잡스러움보다 훨씬 좋았습니다. 무엇보다 독서하기가 너무 좋았습니다. 그렇게 낮에는 자고 밤에는 일하는 교대근무 인생을 1979년 1월부터 시작했습니다.

사진은 정말 뜻밖에 찾아온 것 같아요. 사진을 알기 전에는 독서를 주로 했습니다. 책 읽기를 좋아하고 감성적으로 문학에 가까워서 주로 소설류를 많이 읽으면서 청년기의 갈등과 조직문화 속에서 개인의 정체성 문제를 풀어보고자 했었죠. 아마도 고등학교를 갓 졸업하고 들어가 거대한 조직문화, 여기에 늘 긴장감 연속인 발전업무, 그런데다가 혼자, 고립적 성격이 워낙 강해서 큰 조직에 잘 어울리지 못했지요. 물론 술을 못하고 사교성 없는 대인관계 문제가 조직문화의 적응을 아주 힘들게 한다는 사실도 알았습니다. 당시 한수산, 박범신, 송영의 소설 및 에세이를 좋아했던 것 같습니다. 특히 한수산의 소설은 제 청년기를 결정했다고 할 만큼 제게 문학적 감성을 강력하게 새겼다고 봅니다. 제게 문학적 기질 혹은 감성이 있다면 아마도 한수산, 박범신의 소설의 자양분이라고 생각해요. 혼자, 외톨이, 어둠을 사랑한 자에게 당시 그들의 소설이 주는 영향력은 대단했습니다. 소설이 유일한 제 안식처였지요.

아마도 1981년 가을이었을 거예요. 바로 위의 형이 서울 독산동(시흥)에서 결혼식을 올리게 되었지요. 저는 울산이라 아침에 일찍 결혼식장에 갔는데 형이 제게 카메라를 빌렸다고 여분의 필름 한통과 함께 건네주더라고요. 저더러 사진을 찍으라고요. 당시 상황에서 카메라 있는 집이 많지 않았어요. 카메라가

귀해서 필름을 넣고 빼면서 사진을 실제로 찍어본 사람은 많지 않았어요. 초점을 맞추고 셔터를 눌러본 사람들은 많았겠지만. 형이 제게 카메라를 주면서 하시는 말씀이 "넌 대학을 나왔으니까 찍을 수 있을 거다." 였어요. 그러면서 하시는 말씀이 카메라 빌려주신 분이 플래시가 장착되어 있고 셔터 속도도 플래시 표시에 놓았기 때문에 조리개만 f5.6에 놓고 무조건 초점을 맞추고 누르면 된다고 했답니다. 그래서 저도 신랑입장에서부터 신부퇴장까지 적절히 커트 수를 안배하면서 조리개 f5.6에 초점만 맞추고 셔터를 눌렀지요. 그때까지는 좋았습니다. 그런데 어느 순간 셔터가 안 눌러지고 필름 레버가 전진을 안 하더라고요. 필름이 다됐다는 신호지요. 그런데 필름을 교환할 때가 되었다는 것은 알겠는데 어떻게 필름을 바꿔 낄 수 있는지 모르겠더라고요. 분명히 사진을 다 찍으면 화살표 방향으로 필름 감기를 돌리는 것을 보았는데 아무리 돌려도 필름이 안 감기는 거예요. 카메라 몸체 밑에 작은 버튼이 있는데 다 찍은 필름을 뺄 때는 그것을 누른 다음 돌려야 필름이 역회전하여 감기는데 그것을 누르지 않고 돌리니 돌아갈 까닭이 없지요. 어찌어찌 하다가 그만 필름 뚜껑이 열리고 그때야 문제의 심각성을 파악하고 예식장 맞은편 사진관으로 뛰어갔는데 이미 그때는 늦었지요. 결국 필름 한통 새로 넣고 사진 넣고 빼는 방법을 사진관 아저씨께 배운 다음 예식장으로 돌아왔는데 그래서 저의 형님 내외분은 폐백 사진만 있고 정작 중요한 예식 스냅사진이 없어요. 스냅을 찍은 사람이 저 혼자였거든요.

형님 내외분이 신혼여행을 간 사이 폐백사진만 찾아서 어머니께 전해 드렸습니다. "현상소에서 필름 한통을 실수했다."고 말씀드리면서……. 그때의 참혹한 실수를 지금도 저의 형님 내외분은 잘 모르실 거예요. 아직도 말씀드리지

36

않았으니까. 또 형님 내외분들도 현상소에서 실수했다고 하니까 믿어 주셨어요. 그때는 사람과 사회에 대한 믿음이 있었던 순박하고 순진하고 설사 현상소 실수를 알았다 해도 하소연도 못하는 시절이었으니까요. 그렇게 중요한 예식사진을 망치고 나서 '사진'이 다가왔습니다. 카메라가 무엇인지, 사진이 무엇인지 알아야 하겠다고요. 그렇게 해서 몇 달 후에 3개월 정도 매달 봉급에서 10만 원씩 돈을 떼어내 부산 광복동 일광카메라에 가서 마침내 카메라를 샀습니다. 아사히 펜탁스 ME-SUPER라는 이제 막 카메라에 전자장치를 부착하고 나타난 신형 카메라를 샀지요. 렌즈는 원래 표준을 주어야 하는데 80~200 줌 렌즈가 좋다면서 제게 팔았는데 아무것도 모르니까 그랬겠지요. 이제 막 대세가 줌 렌즈라 추천했는지 모르지만 처음에는 몰랐으나 아주 불편했습니다. 그래도 피사체가 쭉 당겨지는 줌 렌즈의 화상은 정말 매력적이고 아름다웠다는 기억이 지금도 새롭습니다. 그렇게 울산에서 직장생활을 하면서 풋내기 아마추어로 사진을 시작하게 되었어요.

카메라를 손에 딱 넣었을 때 어떤 기분이 들었어요?

저는 사진에 대해서 정말 무지했습니다. 사진은 찍는 기술이고 당시 필름 팩의 그림들이 말하는 것처럼 맑은 날, 조리개 얼마, 흐린 날 조리개 얼마, 여름날이나 하얀 눈, 혹은 해변 모래사장에서 조리개 얼마를 놓느냐 하는 것만 알았습니다. 가령 어떤 카메라가 좋은지, 어떤 렌즈가 좋은지는 전혀 몰랐지요. 물론 니콘 카메라, 캐논 카메라, 미놀타 카메라 등등 카메라 메이커는 알았지요. 그래서 차이도 모르고 비교치도 없고 제 가까운 주변에 사진에 대해서 아는 사람도 없었고

유일하게 부서 내 계장님 한 분이 상당한 사진애호가였는데 직위상 그분이 어려워서 묻지도 못했습니다. 그래서 모르니까 제가 가지고 있는 카메라가 세계 최고의 카메라란 기분으로 어떤 불만도 없이 사진을 찍었지요. 하여튼 정말 새로운 세상을 본다고 생각했습니다. 사진을 몰랐으면 어쩔 뻔했어, 두 눈으로만 세상을 보다가 갈 뻔했잖아 하면서 무척 신이 났지요. 특히 무엇보다 카메라, 사진이 좋았던 것은 혼자 만질 수 있고, 혼자 할 수 있다는 거였어요. 눈과 손가락이면 충분했어요. 나머지는 현상소에서 다 알아서 해주었으니까.

그런데 아마도 당시 대부분의 사진가가 그런 경험을 했겠지만 저도 암실을 만나고 암실에서 현상, 인화, 정착하는 것을 보고 대번에, 그리고 아주 깊이 사진에 빠졌습니다. 캄캄한 것을 좋아하는 제게, 그 캄캄한 암실에서 오로지 혼자, 누구도 도와줄 수 없는 그 깊은 어둠에서 작업하는 것이 너무 좋았고, 또 그 어떤 것보다도 영상이 그 컴컴한 현상 바트 속에서 스르륵 떠오르는 것을 보고 전율할 정도로 좋았습니다. 그때가 아닌가 싶습니다. 이것은 운명, 아니 숙명이다. 나의 독한 어둠과 고립성에 가장 잘 맞는 것이 사진이라는 생각이 들었던 것 같아요. 밀폐된 어둠의 파인더를 통해서 세상을 훔쳐보는 것이 좋았습니다. 그것은 어린 시절 장롱 속에서 혹은 어두컴컴한 깊은 마루 밑에서 바라보던 세상 그 것이었으니까요. 그래서 급격하게 빨려들었던 것 같아요. 어느 정도 빠져들었나 하면요. 현상소에 현상을 맡기고 찾는 이틀의 시간이 너무 길다고 생각했고, 비가 오면 사진 찍을 수 없다고 배워서 비만 오면 속이 상하고 그랬어요. 서점에서 월간지를 사보기 시작했는데 서점 주인이 저 때문에 장사를 못하겠다 했습니다. 매일 신간 나왔느냐 독촉을 해댔으니까요.

하여튼 사진에 빠지니까 세상의 모든 시계가, 일이, 관심이 그쪽으로 몰려가고 그쪽에서 일어났어요. 미친 듯이 사진에 빠졌습니다. 그래서 이따금 그 시절을 회고할 때면 사진을 시작한 5년 동안의 순수 아마추어 시절보다 더 열정적으로, 미친 듯이 사진을 했던 적이 없다는 생각이 들어요. 지방이라 참으로 열악한 사진적 상황이었지만 공부만큼은 열심히 했습니다. 밤 근무가 끝나고 아침에 퇴근하면 터미널로 달려가 다섯 시간 동안 고속버스를 타고 서울로 가서 사진을 배우고 했으니까요. 거의 매주 고속버스를 타고 울산 - 서울을 왔다갔다했습니다. 미쳤지요. 아무리 해도 직장을 가진 아마추어 사진가에 불과할 뿐인데.

무엇보다 공부를 해보니까 지역에서, 지역의 사진풍토가 사진의 본질이 아니라는 것을 알았던 것 같아요. 예쁜 풍경을 찍고 예쁜 여자를 찍고 예쁜 꽃을 찍는 것은 사진으로 찍고 싶은 피사체인 것은 분명해요. 그런데 그건 어디까지는 더 큰 아름다움을 위한 통과의례 같은 피사체라고 공부를 하니까 알겠더라고요. 그러니까 사진의 본질은 "예쁜 것을 예쁘게 찍는데 있는 것이 아니라 그것을 넘어서 예쁘지 않은 것도 예쁘게 찍는 데 있다."는 것을 아주 일찍이 공부를 통해서 알았던 것 같아요. 아마도 문학이 주었던 것 같아요. 문학은 예쁜 것에 혈안이 되지 않으니까. 하여튼 지역의 동료 사진가들, 선배 및 원로 사진가들의 사진적 행위 혹은 그분들이 찍은 사진들을 보면서 이곳에서 사진의 본질을 알기는 어렵겠다 생각했습니다. 그래서 서울까지 먼 길을 거의 매주 공부하러 간 것 같아요. 지금보다는 비교할 수 없을 정도로 열악했지만 그 당시 서울에는 사진을 다양하게 배울 수 있는 곳, 다양한 생각을 가진 분들이 많았어요. 다양한 사진 부분에서. 서울 가는 길이 정말 행복했습니다.

서울에 가면 어디로 가셨어요?

서울 어디에 가면 사진을 제대로 배울 수 있는지는 지금도 알 수 없지요. 사진이 기술을 넘어서 예술학, 미학, 철학의 영역으로 넘어가면 배우는 곳, 가르치는 곳은 쉽게 드러나기 어렵다고 봐요. 사진도 마찬가지라고 봅니다. 단순히 카메라 작동 술을 배운다면 그것은 방법이 분명히 있지요. 과학이니까요. 가령 예로서 여권 사진, 증명사진, 명함사진이 필요하다면 사진관에 가면 되지요. 그곳은 필요한 곳이 요구하는 규칙대로 찍어주니까요. 그런데 사진관에 가서 예술사진이 필요하다고 찍어달라고 하면 사진관 사장님이 많이 당혹하실 거예요. 그것과 같습니다. 당시도 지금도 사진의 목적과 방향이 가르치고 배우는 장소를 규정합니다. 당시 저는 아마추어 취미사진가로서 가장 궁금한 것, 그러니까 당면 고민이 두 가지 있었어요. 하나는 흑백사진을 하는데 자꾸만 원하지 않는데 입자가 굵고 거칠게 나와서 스트레스가 심했어요. 서울의 전시 혹은 외국 작가의 흑백사진을 보면 정말 부드럽고 섬세하고 은은한데 제 흑백사진은 이상하게 거칠고 성글고 딱딱해서 도대체 왜 그런지 알지를 못했습니다. 배운 대로 또 책에 나온 대로 그대로 하는데도 말입니다. 그래서 이 문제, 왜 그런지 서울에서 처방을 받아야겠다는 생각이 강했고, 다른 하나는 사진이론, 즉 '찍는 것만 대수가 아니다. 보는 방법, 해석하는 방법, 제대로 피사체를 아는 방법이 찍는 것보다 중요하다.' 라는 것을 알려면 어떤 책을 공부하면 좋은지 알 수가 없어서 혹시 서울에서 배울 수 있지 않을까 생각했지요. 그렇게 사진공부를 위해 서울 여기저기로 4년을 오르락내리락 했더니 대략은 사진의 방향이 생기더라고요. 사진을 보는 새로운 눈, 감히 철학이라고 해도 좋은 어떤 학문적 심지가 조금은 내려앉는 것 같더라고요.

그런 사진의 길에서 어떤 계기 혹은 어떤 기억나는 대상성이 있었을까요?

맨 먼저 전 신구대학 사진과 교수이자 사진계 원로이신 홍순태 사진가가 떠오르네요. 아마도 1984년으로 기억합니다. 울산에 처음으로 주리원이라는 큰 현대식 백화점이 들어서게 되었는데 오픈식에 맞춰서 사진특강이 열린다는 현수막을 보았지요. 〈사진작가 홍순태 교수 울산에 오시다.〉 백화점 지하 1층 식당에서 그분이 '현대사진특강'을 했는데 한 150~200명이 들어찬 정말 난생처음 보는 열띤 강의였지요. 그분의 두 시간 정도의 강의가 저의 사진의 길을 어렴풋이 비추었다고 지금도 말하고 있어요. 특히 '사진의 현대성'이란 무엇인지를 막연히 생각하고 있었던 차에 명료하게 이론적으로 설명해주시는 걸 보고 사진이론의 중요성을 더한층 크게 생각해 본 참으로 소중한 시간이었지요. 저 같은 아마추어 풋내기를 강연하셨던 홍순태 선생님은 아실 리가 없으셨지만 훗날 제가 그 말씀을 드렸을 때 참 기뻐하셨어요. 저도 어디 가서 사진이야기를 할 때 홍순태 선생님의 이야기를 하지만 선생님도 어디서 사진 강의를 하실 때 비록 자신의 직계제자는 아니지만 제가 자신의 강의에 영향을 받고 사진의 길에 들어선 자랑스러운 후학이라고 말씀하시면서 뿌듯해한다는 말을 들었습니다. 서로 잘되면 서로 아름다워지는 거니까요.

또 한 가지가 있는데 그것은 서울예술대학에서 여름방학을 맞이하여 학교 교사들을 위해 마련한 〈동량아카데미〉라는 프로그램이었지요. 그 프로그램에 서울예술대학 사진과도 참여하여 사진과 강사 분들이 모두 나오는 4박 5일

프로그램이었어요. 저는 사진 전공을 하지 않았고 지방에서 아마추어로 사진을 하다 보니 항상 사진전공자가 부러웠어요. 또 많은 열등감을 느끼기도 하고 제대로 배우지 못했다는 생각에서요. 기술적인 문제가 아니라 인문, 예술학, 철학적인 문제에 이르면 사진은 찍는 기술이 아무런 소용이 없다는 걸 전 잘 알고 있었지요. 그래서 마치 학교에 다니지 않는 아이가 학교 교실을 꽁지발로 훔쳐보고 싶은 욕망이랄까. 사진학과는 무엇을 배우고 가르치고 또 강의실에는 어떤 이야기로, 어떤 사진으로 2년 혹은 4년 동안 보내는지, 어떤 학문적, 예술적 체계를 쌓는지 미치도록 궁금했거든요. 그래서 우연히 본 〈동량아카데미〉 사진 프로그램에 서울예술대학 사진과 교수인 육명심 사진이론 교수, 배병우 사진 실기 교수, 김광부 사진 조명 교수, 이완교 특수표현 교수 등 강사진이 총출동하여 꿈에 그리던 사진과 수업을 제공한다고 하여 현직 교사들만 신청할 수 있는데 교사라고 속이고 신청을 했어요.

4박 5일 동안에 사진 예술의 다양한 영역들, 즉 사진사와 미학을 포함한 사진이론을 공부할 수 있었고, 나의 고질적인 흑백현상의 문제점을 배병우 교수로부터 교정 받을 수 있었고 사진표현의 다양한 모습들과 그것들의 용도 및 활용 기법을 이완교 교수로부터 배운 정말 꿈같은 공부의 시간이었습니다. 〈동량 아카데미〉로부터 이미 내 몸속에는 사진의 길을 가야겠다는 뜨거운 인생의 새로운 목표점이 생겨나고 있음을 느낄 수 있었어요. 한동안 보관하다가 지금은 찾을 수 없는 당시 필기장에 이런 구절이 적혀 있었지요. 저는 지금도 저 자신에게 그리고 학생들과 사진가들에게 이 말을 제 말처럼 하고 있습니다.

1. 공부하지 않고는 작가가 될 수 없다.

2. 열심히 찍지 않고는 작가가 될 수 없다.

3. 작가가 가벼워서는 안 된다. 깊이가 있어야 한다.

4. 오래 끈질기게 해야 한다. 오래가는 자가 작가다.

두 가지 계기가 바로 사진의 인생으로 이끌었다는 건가요?

그랬다고 봅니다. 어느 정도 알지 않고서 그리고 자신 없이는 결단할 수 없으니까요. 한전이란 직장이 아주 안정된 직장이었어요. 그런데 사표를 내고 사진의 길을 간다고 할 때는 자신에게 어떤 능력과 가능성이 있는지 알아야 했겠지요. '사진으로 새로운 인생을 살아봐?' 정도로는 어렵고 단단하고 야무진 생각을 갖도록 무엇인가가 힘을 줘야 하는데 저는 홍순태 선생님으로부터 사진의 방향, 사진가의 방향을 들으면서 그것들을 확실히 했고, 〈동량 아카데미〉로부터 사진의 전모가 어떤 정도인지, 어느 정도 크기이고 너비이고 깊이인지 또 그것들을 위해서는 어느 정도 준비, 노력을 하면 가능할 수 있는지 최소한의 어림 감각을 가진 후에 '그럼 대학원 사진학과를 한 번 진학해 봐?'가 나왔던 것 같아요.

당시 제 개인적 형편이, 그리고 사회가 제가 사진의 길을 가는데 아주 고무적인 조건이었어요. 84년에 제가 결혼을 했는데 아내가 당시 한국산업은행에 근무하고 있어서 직장을 그만두더라도 경제적으로 큰 어려움이 없을 거라는 믿음이 있었고, 병역필의 의무기간인 5년을 채웠으며 또 당시에 카메라의 대량 보급, 아마추어 사진가의 광범위한 확산, 여기에 '86아시안게임', '88서울올림픽' 등이 연이은 호재로 보도 사진, 광고 사진, 스포츠 사진, 연예 사진 등등 사진 산업이 가장 호황국면에 접어든 시기로서 사진이 장래 유망한 것으로 나타났지요.

그러나 아직은 자신을 갖지 못했는데 결정적 아니 운명적 계기가 찾아온 거예요. 84년 12월 24일 크리스마스이브였어요. 비가 많이 오던 그날 저는 밤 근무를 들어갔는데 크리스마스이브라 일도 손에 안 잡히고 마음도 뒤숭숭했어요. 그런데 12시 5분 전에 중앙제어실에서 연락이 왔어요. 원래 제 근무가 아닌데 당시 유공(지금 SK)이 제공하는 기름 탱크에 올라가서 기름이 얼마나 있는지 실측을 정각 자정에 하라는 거였어요. 크리스마스이브고 비는 오고 제 업무도 아닌데 남의 업무를 위해 비를 맞고 경사가 심하고 미끄러지기 쉬운 높은 오일탱크 꼭대기에 올라가 기름이 얼마나 남았는지 (쇠)줄자를 넣어보는 비참함이 너무 싫었다는 것을 지금도 기억해요. 하여튼 그렇게 자정에 비를 맞고 오일탱크에 기름측정을 하고 막 뚜껑을 닫는 순간이었죠, 엄청난 벼락이 쳤는데 너무나 가까운 곳이었는지 그만 순간 졸도를 했어요. 아마 인근 변전소 근처에 벼락이 떨어진 모양인데 그 소리가 너무 커서 순간적으로 쿵 주저앉았어요. 순간 기절상태, 정신이 잠깐 나간 거죠. 길어야 1~2분 정도의 시간이었던 것 같은데 정신 차리자마자 든 생각이 무엇인지 아세요? 바로 '사진의 길을 가야 한다.' 였어요. 지금도 이 이야기를 자주 해요. 벼락을 맞고 사진의 길로 들어섰다고. 돌아오는 길은 갈 때와 너무 달랐어요. 사표 낼 생각을 하니 기분이 너무 좋아서요.

그러셨군요. 그럼 대학원 시험 준비는 어떻게 하신 거예요?

솔직히 말하면 저는 당시 국내 사진과 대학원이 홍익대밖에 없는 줄 알았어요. 아는 사람도 없고 지금처럼 찾아볼 수도 없고 그저 매달 나오는 사진잡지에 정보를 의존했는데 이따금 '성낙인(홍익대학원 사진과 교수)'이라는 직함이 달린 것을 보고 홍익대 대학원에 사진학과가 있다는 것을 알았지요. 그래서 1985년 여름, 방학인데도 상수동 홍익대를 찾아 무턱대고 성낙인 교수님의 연구실이 어딘지 묻고 찾아갔어요. 그런데 방학인데도 교수님이 연구실에 계시더라고요. 찾아온 이유를 간략히 설명하니까 학교 정문 언저리에 동문이 하는 작업실이 있는데 오히려 그곳에 가면 입시에 필요한 정보를 줄지 모르겠다고 하더라고요. 그래서 그곳을 찾아가서 부탁을 드렸지요. 울산에서 살고 발전소에서 근무하기 때문에 서울을 자주 찾아올 형편이 못되니 입학시험에 필요한 최소한의 정보를 좀 달라고요. 그랬더니 입시에 도움이 되는 이런저런 책을 소개해주셨어요. 당시 홍대 대학원의 입시 전형은 영어시험, 이론시험, 실기시험, 면접으로 치러졌던 것으로 기억나요. 영어는 합격. 불합격만 결정하고, 당락을 결정하는 것은 이론시험이었어요. 가령 실기는 어느 정도 찍으면 응용력이 생겨 최소한의 점수는 얻을 수 있는데 사진이론은 수십 가지, 아니 수백, 수천 가지 작가론, 작품론, 미학론, 사진사, 예술론에서 어디서 어떻게 나올지 도무지 예측할 수 없으므로 점수 차이가 바로 나버렸지요. 그래서 지금과는 달리 그 시절에는 대학원은 물론이고 4년제, 2년제 사진과 입시에도 이론시험이 중요한 비중을 차지했던 때였어요. 고등학교 입시준비생들도 사진의 역사, 작가론, 작품론, 미학과 예술론까지 공부해야 했던 공부를 많이 하던 시절이었죠.

저는 순 아마추어 취미 사진가였기 때문에 학부에서 사진을 전공한 학생들과 경쟁할 때 너무 실력 차가 크고, 또 사진전공을 하지 않았지만 가령 서울의 대학 가운데 고대 호영회, 연대 연영회, 숙대 숙미회, 한양대 하이포, 홍대 모래알 같은 대학 서클들은 사진과 선배들이 찾아와서 가르치고 정보를 주고 또 입시 전략과 기출 문제들을 풀어보기 때문에 그들과 경쟁할 때도 너무 뒤처졌어요. 그래서 방법은 한 가지. 국내에 나와 있는 모든 사진이론서를 죄다 외우자는 거였죠.

생각해보면 실제로 그렇게 했던 것 같아요. 그저 외우는 수밖에 없었어요. 책을 다 씹어서라도 외우고 싶었어요. 결국 나중에 이때의 공부가 바로 제가 사진이론, 사진평론을 하게 된 발판이기도 했지만요. 약간 자랑 같지만 얼마나 책을 외웠냐 하면요. 작가 한 사람이 나오면 그 작가가 죽고 태어난 연도, 자라고 죽은 곳, 사진집과 주요 작품 제작연도까지 모두 외웠어요. 입시 요령이 없으니까 그렇게 무조건 외우는 수밖에 없었죠. 다른 학생들은 그렇게 무식하게 공부 하지는 않았을 거예요.

시험 볼 때 첫 시간이 이론시험이었어요. 문제는 주관식 2문제. 과연 어디에서 어떤 것이 나올지 정말 궁금했어요. 실기를 망치지 않는다면 이론 주관식 두 문제에 결정이 나니까요. 홍대는 당시 주관식 두 문제에 작가에 대해서 묻는 주관식 문제 하나, 그리고 미학 혹은 이즘(ism)을 묻는 주관식 문제 하나가 나왔는데 기출 문제를 빼더라도 도무지 그 많은 작가, 그 많은 이즘과 미학을 죄다 할 수는 없기에 항상 자기가 알고 있는 작가, 이즘이 나오면 합격하고 안 나오면 떨어지는 경향이 있었고, 또 설사 아는 작가, 아는 미학과 이즘이 나왔다 하더라도 깊이 있게 심도 있게 써야 높은 경쟁률을 통과할 수 있었지요. 저는 운이 좋았는지 제가 아는 작가가 나왔어요. 아니 어쩌면 모든 수험생이 아는데 누가 더 제대로 아는가를 따지는 문제가 나왔어요. 작가론은 에드워드 웨스턴(1886-1958)에서 대해서 기술하라는 것이 나왔고, 사조에는 F.64 사진그룹에 대해서 기술 하라는 문제가 나왔는데 작가도 그렇고 사조도 그렇고 너무 유명한데 그러다 보니 누가 더 정확하게 분명하게 핵심을 기술하고 있는가를 겨루는 이론시험이 되었어요.

그런데 사실 따지고 보면 당시 홍대 대학원 입학시험은 경쟁률 싸움이었어요. 어떤 때는 3명도 뽑고 어떤 때는 열두 명도 뽑고, 어떤 때는 주간을 많이 뽑고 또 어떤 때는 야간을 더 많이 뽑기 때문에 정작 시험보다는 경쟁률에 좌우되는 경향이 컸어요. 제가 시험을 봤을 땐 사람들이 지난 학기에 주간을 많이 뽑았기 때문에 이번에는 야간을 많이 뽑을 거라는 생각 때문에 야간으로 몰렸는데 주간은 7명 뽑고 야간은 2명을 뽑음으로써 주간은 3:1, 야간은 14:1의 경쟁률이 되고 말았지요. 단 2명을 뽑을 줄 모르고 예상 경쟁률과 혹시나 합격하면 직장을 잡아볼까 싶어 야간으로 접수했는데 2명을 뽑을지 정말 꿈에서조차 생각 못했어요. 그때 저랑 합격한 다른 한 사람이 훗날 한겨레신문사 사진부장이 되는 강재훈 기자지요.

사실 저는 이론시험은 잘 보았는데 실기시험은 망쳤다고 생각했어요. 갑자기 비가 와서 실내촬영을 하게 되었는데 하나도 준비를 하지 않고 갔어요. 실기시험장 입구에서 대기하고 있는데 정말 기자들처럼 사다리까지 들고 온 수험생들도 있고 기자들이 사용한 스트로보를 장착하고 나온 수험생도 많았어요. 전 그저 달랑 카메라 하나, 그것도 105mm 단렌즈에 플래시도 없이 인공광원 밑에서 필름감도(ISO) 100컬러 리버설 필름으로 나갔는데 찍어야 할 피사체를 보니 미치겠더라고요. 여자 3명이 장구채, 부채를 들고 나타나는데 105mm 단렌즈로는 스튜디오 거리가 짧아서 3명을 다 넣을 수가 없었어요. 뒤로 물러날 수가 없어서. 실내는 어둡고 스튜디오는 좁고 혼자 찍는 게 아니라 수험생 3명씩 찍는 거라 어찌해볼 수가 없었어요. 어떻게 필름 한통을 찍어 제출했는지 지금도 모르겠어요. 망쳤다 떨어졌다 생각했지요. 나중에 제 실기점수를 물었더니 거의 최고점이었어요. 최저점이 아니라 최고점. 지금도 그 생각을 하면 웃음이 나오는데 그러니까 저만 빼고 나머지 수험생이 찍는 사진들은 비슷비슷했대요. 제 것만 가장 특이하고 이상하고 독특하고 개성적이었대요. 모두 구상적 사진들인데 제 사진만 추상적이었대요. 너무 웃기지 않아요? 그것이 예술의 특성인 것 같아요. 다르다는 것이 오히려 점수를 얻을 때가 많다는 것. 의도가 아닌 완전 실수로 찍은 사진인데 개성적 추상사진이 되어 있었다니. 저도 제가 찍은 사진을 보지 못해 말은 못하지만 심사를 하셨던 교수님의 말씀에 따르자면 다른 수험생들과 완전히 다른 추상적 사진이라 점수를 안 줄 수 없었대요. 그렇게 운 좋게 정말 사진의 길을 가라고 하는 운명인지 아니면 죽기 살기로 해보겠다고 덤벼드니까 되는 건지는 몰라도 숙명처럼 천천히 그 길로 접어들고 있었어요.

시험만 보시면 다 붙으시네요?

그런가요? 아마도 절실했으니까요. 저는 늘 절실해야 하는 모양이에요. 전 뭘하나 생각하거나 잡는다 하면 무조건 걸어요. 승부사는 아니지만 최선을 다해요. 아주 절실하게 달려들어요. 이거 안 붙으면 죽는다는 심정으로. 또 최선을 다하면 된다는 어떤 믿음 같은 건 있고요. 그러면 누군가가 꼭 어떤 방식으로든 도와줘요. 아니 제 마음을 읽거나 헤아려줘요.

돌이켜보면 그래요. 제 유학생활도 그랬고, 평론가의 길을 걸을 때도 그랬고, 전시기획자로서 일할 때도 그랬어요. 심지어 사진을 찍을 때도, 누군가를 만날 때도 그랬던 것 같아요. 절실하게 구하니까 들어주는 게 많았던 것 같아요. 저처럼

신을 믿지 않고 운명을 믿는 자에게 말예요.

시험에 합격하고 곧이어 회사에 사표를 냈어요. 이듬해인 1986년 2월에 개강을 앞두고 안양 공설운동장 주변에 방을 마련하고 새 인생 새 출발을 하게 되었지요. 우선 저만 먼저 올라왔어요. 아내는 아직 서울로 발령을 받지 못했어요. 그때 울산에는 두 살 된 딸애가 있었는데 장모님이 봐주고 있었지요. 다행히 5월에 아내도 서울 본사로 발령을 받아 함께 생활할 수 있게 되었습니다. 그런데 문제는 개강을 하고 나서였어요. 입학한 지 두 달여 만에 깨달았습니다. 후회했어요. 당시 홍대는 공부를 목표로 학습 프로그램이 진행되기보다는 졸업장을 위해서 학습 프로그램이 운영되다시피 했어요. 즉 일반적으로 생각하는 연구목적의 대학원이 아니라 말 그대로 특수산업대학원에 있는 사진학위과정이었어요. 마음껏 깊은 이론공부를 할 수 있겠다 생각하여 사표를 던졌는데 야간이라 그런 면도 크지만 제가 생각했던 그런 학습 분위기며, 학문의 분위기가 전혀 조성될 수 없는 구조라는 것을 보고 후회막급했지요. 정말 실망 그 자체였어요.

다행히 2학기 때 배병우 선생님을 만나게 되어 마음을 새롭게 고쳐먹고 신발 끈을 다시 고쳐 매었지요. 첫 시간에 선생님이 그러시더군요. 이 땅에서 화가는 그림만 그려도 살 수 있는 가능성이 있지만, 사진은 절대로 그렇지 않다고요. 그러니까 사진은 찍는 거 말고도 이렇게 저렇게 엮이고 살펴야 할 것들이 너무 많다는 거였어요. 배병우 선생님도 서울예술대학 교수지만 사진으로는 아주 힘들어하셨지요. 지금은 그런 경우가 없지만 그때는 사진계에 너무 따지는 게 많았어요. 실력이 우선이 아니라 성분과 소속과 장르에 따라 안과 밖이 구분되기도

했지요. 가령 저는 학부에서 사진을 하지 않고 대학원에서 사진을 했는데 학부에서 사진을 전공하지 않으면 인정해주지 않은 풍토였어요. 그래서 별 얻을 게 없는 졸업장을 위해 다시 일 학년이나 편입해서 다니는 교육적 낭비도 있었고요. 또 지금은 안 그러는데 그때는 대학원에서 사진을 전공해도 사진작가협회 정회원 자격이 없었어요. 입회를 위한 고작 몇 점의 점수를 인정해주었던 것으로 기억해요.

그러니까 여건이 갖춰진 맥락 안에 들어간다는 게 굉장히 중요한 거 같아요.

그래요. 이경모 원로 작가 이후로 서울에서 활동하는 호남출신의 작가로서는 거의 유일했고 또 중대출신의 강한 사진 울타리에서 홍대출신의 작가가 견디기에 당시로써는 상당한 어려움이 따랐기 때문에 먼저 경험한 배병우 선생님이 인접 동향출신(여수)의 후배에게 말해 준 것으로 보여요. 어쨌거나 저는 사진의 비주류인 호남출신에, 학부에서 사진을 전공하지 않은 비예술(공학) 전공자에, 여기에 지방대에, 지방에서 아마추어 취미사진을 하다가 사진을 전공하겠다고 올라온 모든 것이 결여되고 결핍되고 부족한 조건에다가 여기에 결혼하여 애까지 딸린 한계 상태로서는 모든 것을 갖춘 맥락과 틀의 세계에서 혹은 그것들의 조건을 갖춘 사람들 틈에서 사진의 길을 간다는 것은 배병우 선생님의 말씀처럼 이미 앞일이 예고된 거였어요. 아마도 이런 사진의 앞길 혹은 지금도 당면하고 있는 저의 사진의 미래를 볼 때 이런 구조 및 틀은 아직도 여전히 건재하고 보이지 않는 틀로 둘러쳐지고 있다는 생각도 해요. 그것은 크게는 영남과 호남, 혹은 중대와 홍대(혹은 비중대) 혹은 사진의 성격 혹은 학교와 스승으로부터 둘러쳐진 보이지 않는 어떤 지연 및 학연의 오랜 끈의 연대의식이라는 생각을 해요. 그것이 부정적이라는 말이 아니라 그런 끈으로부터 상처가 발생하고 소외가 있다는 말을 하는 거지요.

저의 짧은 대학원 시절이 그랬어요. 학교는 더 이상 구원처가 아니었어요. 사표를 낸 것을 몹시 후회하고 있을 때 배병우 선생님이 절 동교동 언덕배기에 있는 어느 사진 스튜디오로 데려갔어요. 신촌에서 동교동 로터리 방향으로 가면 김대중 대통령 사저를 내려다보고 있는 '델타 스튜디오'라는 곳이었어요. '네가 갈 곳이 한 곳이 있다.'고 데려가신 그곳이 제 인생에서 가장 중요하고 소중한 순간이자 제가 이 자리에 있는 자양분의 공간이 되었지요. 현재는 몸이 편찮아서 사진에서 물러나 요양 중에 계시는데 '김장섭'이라는 분이세요. 아는 분은 다 아시지요. 워낙 똑똑하고 현명하고 능력 있는 화가, 사진가, 아티스트였으니까요. 그분이 델타 스튜디오를 운영하고 계셨는데 스튜디오에서 배병우 선생님이 자신보다 어린데도 그분을 대하는 태도를 보고 이 분이 만만치 않은 사람이구나를 직감했지요. 눈에서 광채가 번뜩였던 분이셨어요. 나이는 저보다 5살 정도 위였는데 정말 똑똑하고 안목이 뛰어난 분이셨어요. 예술과 문학과 역사까지도.

전 지금도 그런 말을 해요. 저의 사진 인생에는 두 분이 계셨다고요. 한 분은 저의 영원한 스승이신 배병우 선생님, 다른 한 분은 저의 유일한 사진의 형님 김장섭 선생님이라고요. 제가 말하는 스승의 개념과 형님의 개념은 학연 지연 혹은 사진의 길을 열어준 사진 선생님 혹은 처음부터 끝까지 사진을 지도해준 사진적 사부의 개념은 아니에요. 그러니까 어떤 지적 체계라 말할 수 있을 것 같고 또는 영원히 흔들리지 않은 탄탄한 나무 하나를 키우고 성장시켜주고 인정해주고 영원히 마음에 담아서 사랑해주는 그런 사진 나무의 정원사 같은 개념이에요. 자주 연락하고 만나고 안부 전하고 명절 때 찾아가 인사하고 그런 인간관계 하고는 달라요. 즉 꿈에서 혹은 죽어서 변함없이 '그 사람 때문에 내가 있을 수 있었다.' 생각하는 가히 유일한 사람이었다는 표현이 좋겠네요. 배병우와 김장섭이라는 분을 통해서 저는 사진에 대한 큰 꿈, 그리고 제가 무엇을 해야 하는지, 무엇을 준비하고 공부하고 노력해야 하는지를 알았어요. 갖춰지지 못한 맥락에서 갖춰진 사람들과 경쟁할 때 이길 수 있고 생존할 수 있고 최후까지 살아남을 수 있는 유일한 방법은 끝없는 노력밖에 없다는 것을 배웠지요. 배병우 선생님은 지금도 엄청나게 공부를 하십니다. 그분의 사진은 그분의 공부에서 나옵니다. 끝없이 공부하고 알지 못하면 결코 이길 수 없다는 것이죠. 저는 배병우 선생님이 말씀하신 "선생은 가르치는 사람이 아니라 보여주는 사람이다. 말이 아니라 행동으로 그것이 그것임을 증명하듯 보여주는 사람이다."라는 말을 이따금 빌려서 말합니다. 말로는 누가 못하겠습니까. 그렇다는 것을 몸으로 보여주어야지요. 저는 홍대 대학원 시절 학교가 아닌 델타 스튜디오에서 혹은 배병우, 김장섭 두 분이 만나는 자리에서 배웠던 것 같아요.

대학원 마치자마자 리비아 사하라 사막에 가셨다면서요?

네 그랬지요. 현재 제 인터넷 아이디가 사하라인데 1988년 겨울에 사하라 사막에서 정한 일종의 아호 같다고 할까요. 서울 올림픽이 성공적으로 끝나고 또 그즈음에 저의 대학원 논문이 통과되는 시점에 한국을 떠나 리비아 사하라 사막으로 갔지요. 1988년 12월 10일에 가서 1990년 여름쯤에 들어왔으니 근 2년을 사라하에서 보낸 셈입니다. 리비아로 떠난 이유는 단 하나입니다. 철저하게 혼자 고립되고 싶었어요. 아무도 없는 사막에 가서 철저하게 혼자 버려지고 싶었지요. 당시 그런 생각이 들었던 것은 이 땅에서 사진으로 아무것도 할 수 없다는 패배감 때문이었습니다. 예컨대 〈88서울올림픽〉을 맞아 언론사가 새로 생기고 기존 언론사에서도 사진기자를 대거 특채하는 사진기자 인력난의 시기였어요. 제 선배 동기 후배까지도 국내 주요 일간지 사진기자로 특채돼서 취직을 했는데 아마도 저만 특채가 되지 못했습니다. 그 이유는 아까 질문하신 아무것도 제가 갖춘 게 없는 맥락 혹은 조건이라는 거지요. 배병우 선생님이 신입생 때 말씀하신 그대로……. 당시에 중대출신도 아니고 호남에, 지방에, 나이에, 결혼에, 아이에; 거기에 술도 못하고 대접도 못하고 기분도 못 맞추고 늘 하는 말이 "공부합시다." 였는데 선배들이 절 데려갈 이유가 없었지요.

그래서 절망했어요. 현실도피가 제일 먼저 생각나더라고요. 물론 증오심, 적개심도 타올랐고요. 나를 탓하기보다는 세상을, 공정치 않은 것 같은 사회를 혹은 실력보다는 인간관계를 최우선으로 하는 이 땅의 학연, 지연문화에 대한 분노가 아주 컸지요. 그래서 한국을 떠날 생각을 했는데 뾰쪽한 수가 없더라고요. 그런데 지하철을 타고 안양을 가는데 내 앞쪽 어떤 분이 신문을 보는데 신문 밑쪽에 현대건설에서 중동 파견 경력기술자를 모집한다는 구인 광고가 보이는 거예요. 신문을 보던 아저씨가 안양역 직전 관악역에 내리시면서 신문을 두고 내렸는데 얼른 살펴보니 전기직종도 있고 더 중요한 건 '한전출신 우대' 라는

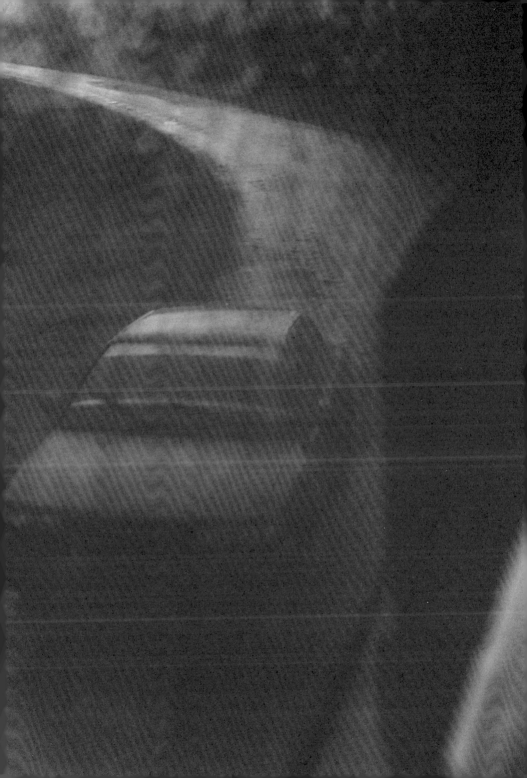

문구가 마음을 잡았지요. 당시 해외 발전소, 플랜트 사업 부분에서 한국전력 출신들은 최고의 인재였거든요.

바로 다음 날 자기소개서, 경력증명서를 갖추고 계동 현대사옥 지하 해외 플랜트 사업부로 찾아갔지요. 저를 면접하신 분이 한전 선배님이셨는데 왜 그 좋은 직장 한전에 사표를 냈냐고 묻더군요. 대충 핑계를 댔는데 곧 그분이 이란, 이라크, 리비아 세 곳 중에 어느 곳을 가고 싶은지 결정하라더군요. 선택하면 당장 여권 만들고, 교육받고 바로 나간다는 거예요. 그래서 이란, 이라크는 덥고 종교적으로나 지리적으로 문제가 있을 듯하여 같은 회교권이지만 지중해 연안이고 북아프리카권에 속하는 리비아로 가겠다고 결정을 했지요.

그렇게 사진전공을 철저하게 숨기고 한전 경력으로 다시 과거의 길로 돌아갔지요. 아마도 제 인생에서 그토록 뼈저리고 아프게 삶을 감내해야 했던 시기도 없을 거예요. 그때 세상을 다 알아버린 듯했어요. 더 이상 두려울 것도, 눈치도, 굽실거림도 없다고 생각했어요. 마치 인생 막장에 들어간 것처럼 말이에요. 그러나 사하라에서 2년이라는 시간은 절 더욱 강하게 단련시키기도 했지만 다른 한편으로는 아주 비정하게, 혹은 냉정하고 매정한 인간으로 혹은 자기밖에 모르는, 자기의 목적을 위해 다른 어떤 것도 배려하려 들지 않는 이기적이고 독선적인 습관을 저 밑바닥까지 새겨놓은 사람으로 만든 것 같아요. 지금까지도 인간관계가 힘들 때가 있어요. 그렇게 88년 12월 10일 가족과 배병우 선생님과 김장섭 선생님만 아는 저의 일탈 여행이 리비아 사하라 사막에서 시작되었습니다. 미련이 많아서 그래도 카메라도 가져가고 사진 책도 가지고 갔습니다.

어떤 책을 가지고 가셨나요?

무인도에 갈 때 가져갈 단 한 권의 책이 성경책이라고 하는데 저는 가장 지루한 사진이론서, 대번에 읽을 수 없고 한 2년 정도 읽을 때 뭔가 아는 그런 이론 책이 없을까 생각하다가 한 권을 발견했지요. 바로 사진이론가 조나단 그린이 쓴 〈비평적 미국사진의 역사〉라는 책이었어요. 이 책은 한마디로 말해서 기존의 사진역사서와 다르게 비평적 시각과 글쓰기를 통해서 종래의 역사적 이해와 지식을 벗겨 내는 아주 참신한 사진이론서였는데 당시로써는 새롭고 또 조금 난해해서 2년 동안 사막에서 참을성 있게 보면 좋겠다고 생각했어요. 정말로 2년을 보니까 집에 오더라고요. 제가 사진이론에 자신감을 갖고 또 그 자신감이 평론으로 이어지고 또 그 평론이 유학으로 이어진 실마리가 저는 조나단 그린의 책이었다고 생각해요. 원서를 2년 동안 파니까 우리식의 교육과 지식과 정보가 아닌 더 넓고 높은 세계의 이론에 대한 자신감이 생겼어요. 물론 사하라에서의 2년의 세월 동안 좋았던 날은 단 하루도 없었지요. 근로자들 틈에서 매일 고통과 상처의 연속이었는데 이를 악물고 참아냈습니다.

리비아에서 돌아와서는 작가로서 활동했습니다. 대학로와 인사동에서 몇 차례 그룹전을 갖다가 1991년 11월 경기도 장흥에 있는 토탈 미술관(큐레이터 정준모)에서 아주 대규모 사진전이 열렸는데 저도 초대를 받았지요. 〈한국현대사진의 수평전〉(이하 수평전)이라는 전시였는데 국내 젊은 사진가, 화가, 조각가들 78명이 연합한 사진계에서는 전무후무한 그룹전이었지요. 이때 참여한 화가 중에는 문범, 이불, 육군병, 최정화 같은 사람도 있었지요. 저 개인적 작가로서

커리어나 훗날 저의 또 다른 사진의 길에서 볼 때도 이 〈수평전〉이 제게는 큰 의미를 주었던 전시였어요.

이 전시가 구체적으로 어떤 또 다른 사진의 길을 제시하게 되었는데요?

〈수평전〉은 도합 3번 열렸습니다. 1991년 장흥 토탈미술관과 1992년 서울시립 미술관 전시에 참여했지요. 그런데 두 번의 전시를 통해 제가 느낀 것은 유학파와 비유학파에 대한 보이지 않는 차별구조였어요. 그러니까 기존의 어떤 장벽에 유학파라는 것이 하나 더 얹혀지고 있었습니다. 그때 전시 끝나고 자조 섞인 말로 "앞으로 유학 갔다 오지 않으면 작가도 못해 먹겠구나." 했습니다. 그래서 처음에는 저하고는 상관없는 일이다 생각했는데 갈수록 그런 공기가 사진계에, 미술계에 미치고 있었어요. 그래서 처음에는 유학은 생각조차 할 수 없는 딴 세계 사람들의 일로 여기다가 시간이 흘러서는 유학원에 찾아가 물어는 볼 수 있지 않을까로 바뀌더라고요. 종로의 유학원을 찾아간 것이 문제였어요. 능력 불가능한 사람이 다녀오니까 갑자기 유학이 먼 곳에 있는 것이 아니라 아주 가까운 곳에 있는 것처럼 느껴지더군요. 그런데다 마침 파고다 외국어 학원에서 위스콘신 주의 주립대들과 상호 협정 프로그램을 시작한다는 말을 들었고, 저 같은 사람도 유학 갈 수 있냐고 물었더니 갈 수 있다고 해서 그때부터 유학준비를 하게 되었어요. 당시로써는 말이 안 되는 일인데 벌어지고 있었어요. 그래서 다시 주공아파트를 팔고 사진이론 공부를 하겠다고 유학을 가게 됐어요. 수평전과 유학파가 기름을 부은 격이지요.

당시 작가로서는 어떤 사진을 하셨나요?

지금 사진이나 큰 차이가 없어요. 길 찍고 전봇대 찍고 텅 빈 것 찍고 어둠 찍고 어둠 속에서 반짝하는 거 찍고 그랬어요. 또 그때나 지금이나 맑은 날보다는 흐린 날, 비 오는 날 감정적으로 찍는 것은 하나도 바뀐 것이 없어요. 당시 찍은 사진의 장소, 사진 제목, 사진의 느낌 그 모든 것이 하나도 변한 게 없어요. 국내에서 외국으로 장소와 피사체가 바뀌었다는 것을 빼면 말에요. 저는 잘 알아요. 왜 바뀌지 않는지, 왜 그때나 지금이나 비슷한 정조, 비슷한 느낌, 가령 어둠의 문제, 그림자의 문제, 고립의 문제, 왜소 혹은 소외의 감정을 침묵으로 적막감으로 고립감으로 변함없이 투사하고 있는지를 잘 알지요. 그게 저라고 생각하니까요. 그게 제 가슴 밑바닥의 감정, 소리, 언어라고 느껴지니까요. 제가 볼 때 저의 근본은 그렇게 비정하고 메마르고 독하고 이기적이고 독선적이지 않은데 후천적 삶에서 너무 완고하고 뿌리 깊게 그것들이 없으면 생존할 수 없었다는 것처럼 마치 보호장치처럼 완강하게 버티고 있다가 어느 순간 예기치 않게 나타나 주변 사람들을 힘들게 하고 고통스럽게 할 때가 있다는 것을 알지요. 평소에는 안 그러다가 어느 순간 불쑥 올라오기 때문에 저도 나중에 후회를 많이 합니다. 그래서 저는 반성만 늘어요. 저도 아니까요 그 순간적인 독선, 이기, 질투, 편협함의 문제들이요. 그러면 안 된다는 것을 이성으로는 아니까요.

늘 뭔가 부족한 걸 극복하고 열망하는 게 있었던 거 같아요? 그게 어떤 거예요?

우선은 제 것에 대한 이기심, 질투심, 집착심이 강해요. 과거에는 집과 방이었고,

요즈음에는 공간 혹은 사람에 대한 이기, 질투, 집착이 있어요, 한마디로 말한다면 저에 대한 보호본능이 있겠지요. 오랫동안 그렇게 살아왔으니까 쉽게 지워지기는 어렵지요. 이따금 인간관계에서 나타나는 저의 독선적 성향은 오랜 보호본능 때문이라고 봐요. 아주 사소한 것에서도 출몰하는 것을 보면……. 어찌 보면 근원적인 열망인지도 모르죠. 혼자 사랑받고 싶은 것, 혼자 독차지하고 싶은 것, 누구라도 못 만지게 하고 싶은 것, 준 적도 없고 받은 바도 없는 거세된 유년의 선물이 나타났을 때 오로지 혼자 이기적으로 독선적으로 영향을 미치려 한다면 어떤 결핍이면서 동시에 열망이겠지요. 어둠의 문제도 그렇다고 봐요. 어둠이 내 몸 안에 있으니까요. 내 속이 온통 어둠이라 어둠밖에 친숙한 게 없어요. 어둠이 없는 빛은 낯설어요. 밝고 화려하고 넘치는 빛은 정말 부담이 가요. 그래서 전 정치적인 모습, 혹은 가시적 행동들이 죽기만큼이나 싫어요. 모든 것을 숨기고 감싸고 덮어주는 어둠이 좋은 것은 여전히 제 안에 주변인, 아웃사이더의 성향이 강하게 내재되어 있다는 거죠.

혼자, 고립, 고독을 즐기는 것도 그래요. 제가 좋아하는 사진, 제가 저답다고 하는 사진들은 분명한 하나의 통일성이 있어요. 결코 해피하지 않다는 거예요. 행복하게 찍고 싶은 마음이 없지는 않은데 그게 잘 안 돼요. 금세 슬픈 사진이 돼버려요. 글도 그래요 마음을 따뜻하게 하는 글, 희망을 주는 글을 써보아야지 하고 쓰는데 어느새 우울하고 무거운 글로 가고 있는 자신을 발견해요. 여전히 단체, 집단의 영향과 구속에서 벗어나려는 아웃사이더의 의식이 강한 것 같아요. 사진이 제 몸에서 나와 제가 누구인지 어떤 사람인지를 알게 하는 근원 혹은 본질이니까 제 몸, 제 생각, 제 성향 그 모든 것이 밖으로 나와 그것을 생산하는

자를 비추고 있는 '영원한 거울' 이라고 보는 거지요. 좋고 나쁨을 떠나서요.

다른 사람에게 영향을 받게 되는 것이 힘드신가요?

힘든 것도 있지만 항상 마지막을 생각해보는 것 같아요. 가령 막판에 가면 지금보다 더 나빠질 수 있다는 생각도 하고, 또 전 항상 도중에 떠날 수 있다는 생각도 좀 하는 거 같아요. 그리고 실제로 어김없이 떠나거나 또 막판이 안 좋아져요. 이것도 제 안의 어떤 피해의식이죠. 피하려고 하는 혹은 항상 끝이 안 좋았거나 끝내 희망을 쟁취한 적 없는 오랜 아픔이나 상처에서 나온 중간 회피, 혹은 끝의 직전에 외면함으로써 마지막까지 안 가려는 피해의식 같은 거요. 아니면 끝이 항상 안 좋았기 때문에 미리 상처받지 않으려고 늘 떠나갈 생각을 하는, 결국 어떤 보호본능 같은 것이라고 할까요. 반대로 저는 아지트를 아주 좋아해요. 혹은 은신처로서 좀 더 밀도가 높은 '비트' 를 좋아합니다. 은밀한 것을 좋아한다기보다는 내가 방해받지 않는 곳, 나를 지키기 쉽고 자유로운 감정 상태를 유지할 수 있는 아무도 모르는 고립된 공간으로서 아지트를 좋아하고 비트를 좋아하지요. 그런 것들이 저는 아주 저답다고 생각해요. 물론 그렇다고 제가 넓은 광장을 싫어한다거나 사람들이 많은 곳을 체질적으로 싫어한다는 말은 아니에요. 자연스럽지 못하고 불편하고 내 마음대로 할 수 없다는 감정의 태도일 뿐 그런 공간 자체를 피하거나 피해의식이 있거나 배제시키는 것은 아닙니다. 어쩌면 광장을 꿈꾸면서도 광장에 나서기를 두려워하는 건지도 모르겠어요.

지금 사진작가인 선생님을 바라보는 다른 사람의 눈에는 그런 게 있으리라고 아무도 생각하지 않을 것 같아요.

충분히 그럴 수 있지요. 저를 잘 모르는 사람들은 제가 정상적으로 공부하고 유학도 갔다 왔다고 생각하는 사람들이 굉장히 많아요. 그 이유는 제가 남을 드러낸 일을 더 많이 하고 정작 저 자신을 드러내는 일을 하지 않았기 때문에 그런 것이기도 하고, 또 하나는 제게도 누구나처럼 감춰둔 포장박스 하나가 있는데 굳이 나서서 보여주거나 들추려는 시도를 하지 않았기 때문에 아마도 그랬을지도 몰라요. 아니면 그리 좋을 게 없어 보이는 약한 포장일 수 있으니까 멋진 모습만 보이려는 것이 일정 시간 동안 도움이 되겠다 생각했는지도 모르죠. 저 자신은 그런 약점들, 약한 모습들, 과거의 어두운 부분들을 숨기는 스타일이 아닌데 말이에요. 또 하나는 돌아보면 저 자신을 말할 시간도 기회도 없었다고 봐요. 그 점에서 이번 인터뷰가 저를 드러내고 말하는 가히 첫 번째 시간, 기회처럼 느껴져요.

그런데 궁금해서 질문하는 분들도 없었어요?

아뇨, 아무도 없었던 것 같아요. 우선 제가 작가로 인정받고 있는 게 아니잖아요. 작가는 신비주의가 무기일 수 있어 관객, 독자들이 궁금해하지만 저는 사진평론가 혹은 전시기획자였으니까 개인사에 대한 호기심이나 궁금증은 작가들과 많이 다르지요. 그러니까 지난 5년 정도, 5년 전부터 저의 개인사 혹은 개인성에 대한 물음들이 조금 있어왔던 것 같아요. 그전에는 거의 없었다고 봐요.

아무래도 평론가라는 선입견이 작용하지 않았나 싶어요. 괜히 그 사람이 싫어 하는 혹은 숨기고 싶어 하는 부분인데 질문이나 말을 잘못 꺼냈다간 나중에 불편해질 수도 있겠다 싶어서 그럴 수도 있겠고 그 사람이 자기 입으로 말하지 않는데 굳이 그럴 필요가 있을까 싶어서 그럴 수도 있겠지요.

그러나 아는 사람들은 알고 있다는 생각을 합니다. 제가 어떤 성격의 사람인지 저를 가까이서 밀착하여 본 적이 있는 사람은 아마도 파악했을 겁니다. 제 안에 이중의 모습이 있다는 것, 일반인들보다 좀 더 드러나는 이중성향이 있다는 것을 말입니다. 우선 제가 볼 때도 저는 정치적이진 않지만 이기적, 독선적인 면이 크고, 탐욕스럽지 않은데 은근 교만, 오만한 게 있고, 근본은 감성적인데 이성적으로, 냉정하게 보여주는 모습을 더 자기답고, 자연스러운 것으로 치장한다는 것을 알고 있을 것 같아요. 그런 적지 않은 사람들을 제외하면 저를 잘 아는 사람이 많지 않고 또 제게 묻는 사람들이 그리 많을 수도 없어요. 저에 대한 이야기 중에서 으뜸이 '어려운 사람' 이라는 말이에요. 한마디로 제가 어렵다는 거죠.

그게 좋은 점도 있지만 나쁜 점도 있을 거 같아요.

좋은 점은 상처 입을 가능성을 줄인다는 거죠. 또 개입되지 않아도 되고요. 반대로 안 좋은 점은 모두 저를 도와줄 사람들인데 그걸 제가 거부하게 된다는 거죠. 과거를 돌아보면 그런 일이 너무 많았어요. 모두 절 도와주는 사람인데 제가 발로 차는, 제가 밥그릇을 깨는 혹은 굴러 온 호박을 집어던지는 경우가 되죠. 다들 제게 관심이 있어 오고 관심을 받으려고 오고 또는 관심을 통해 나누려고 오는데 제가 산통을 깨는 거죠. 제가 조금만 배려해주면 다들 좋아하고 또 제가 조금만 챙겨주고 관심을 주면 모두 저에게 많은 도움을 줄 수 있는 사람들인데 제가 그걸 못해요. 몰라서 못하는 게 아니라 그런 게 잘 안 돼요. 어느 정도는 정치적 행동이 아니라 최소한의 인간관계의 문제인데도 제가 마음을 안 여는 것인지, 그렇게까지는 안 하고 싶은 것인지 그게 잘 안 돼요. 그게 문제라는 걸 제가 다 안다는 것도 문제예요. 몰랐다면 고치면 되지만 잘 알고 있는 사람이 그러니까 주변 사람들도 이따금 힘들 때가 있지요.

평론가라는 직업과 그 역할 때문에 그럴 수도 있을 것 같아요. 그것도 일종의 권력이라면 권력일 수 있으니까요.

저는 사실 아마추어, 프로를 가리지 않고 사진 그 자체를 사랑하는 편입니다. 가령 가르칠 때, 평론할 때 여자라서 남자라서 전공이라서 아마추어라서 차별을 두지 않아요. 물론 처음에 어떻게 그 사람과 관계 맺느냐를 굉장히 중요하게 생각하지요. 가령 일면식이 없는데 평론을 부탁하면 저는 거절하지요. 또한, 한 번도 얼굴을 마주 보고 커피를 마신 적이 없는데도 잘 아는 것처럼 행동하면 얼른 자리를 피하지요. 저는 대인관계가 보기보다 약하고 자연스럽지 못해 시간이 오래 걸려요. 또 자신과 맞는 사람인지 이렇게 저렇게 재고 있기 때문에도 시간이 걸려요. 그래서 그 전에 다가오거나 친숙한 척하면 제가 먼저 도망을 가는 편이에요.

유학 중에는 어떤 일이 있었나요?

유학을 도저히 갈 수 없는 상황에서 가게 되었던 것은 앞서 말한 것처럼 1992년 〈수평전〉의 직간접적인 영향 때문이었어요. 80년대 후반부터 속속 귀국했던 유학파들의 영향력과 그들의 사진적 힘을 보고 유학에 대한 생각을 해보게 되었지요. 특히 구본창이라고 하는 유학파 사진가의 역량은 대단했어요. 그래서 국내파 사진가들이 모이면 "앞으로 구본창 때문에 사진하기 힘들지 모른다."라는 말을 하곤 했지요. 그만큼 유학파들의 가치가 커지고 있을 때였지요. 저도 그런 생각을 했습니다. 나는 유학파들에 비해 어떤 비교우위의 경쟁력을 가지고 작가로서 활동할 수 있나? 이런 생각을 하니 미래가 암담하더라고요. 그렇게 몇 달을 고민으로 지새웠던 기억이 납니다.

그런데 〈월간사진예술〉에서 사진평론을 공모한다는 기사가 났어요. 신선하면서도 충격적이었죠. 아마 처음이었을 거예요. 사진평론을 공모한다는 기사는 이전에 본 적이 없거든요. 그때까지 사진평론가라는 타이틀을 달고 다닌 사람들이 없었던 것은 아니지만, 사진전문지를 통해서 등단한 경우는 전무했습니다. 한두 사람을 빼고 거의 자칭타칭으로 붙이고 다닌 경우라고 할 수 있지요. 그런데 바로 그때 한번 심각하게 생각해보았습니다. 앞으로 사진계 안에서 유학파들이 넘칠 경우, 또 여러 면에서 능력 있는 사진작가들의 틈바구니에서 그나마 존재감을 찾는 길이 어쩌면 평론분야는 아닐까? 아직 사진계에 평론분야는 미개척지이고, 평론을 전공하는 대학, 대학원도 없고, 사진전문지를 통해 공식적으로 등단한 사진평론가도 없고, 평론으로 유학을 다녀온 사람도 한두 분을

빼면 전무한 실정이고 차라리 작가의 길을 포기하고 평론의 길로 들어서는 것이 혹시 앞으로 비교우위 경쟁력을 갖게 되지 않을까 생각을 해보았지요. 정말 그 당시 이런 생각, 이런 탈출구를 생각하지 않을 수 없는 상황들이 밀려오고 있었어요. 그래서 제가 유학을 갈 때 그런 말을 한 적이 있고 또 다녀와서도 어떻게 유학을 가게 되었느냐고 물으면 "구본창 때문에, 구본창을 피하는 방법은 사진평론의 길밖에 없었다."라고 말하곤 했지요.

그런데 행운의 여신이 절 배반하지 않았어요. 1993년에 사진평론에 응모하여 가작으로 당선되었지요. 그때 당선작은 없고 가작만 두 사람을 뽑았는데 가작 당선자 한 분이 표절시비로 하차하는 바람에 저만 남게 되었지요. 〈월간사진예술〉은 이후에도 한두 차례 사진평론을 더 공모했는데 워낙 응모자도 적고 관심도 크지 않아 공모를 하지 않았지요. 그래서 올해로 23년의 역사를 가진 〈월간사진예술〉의 유일한 등단 평론가가 저예요. 이전에도 없었고 이후에도 없었지요. 그래서 평론으로 등단하고 월간사진예술이 인정하는 사진평론가라는 직함을 유학 전에 이미 받게 되었어요. 그런데 들려오는 소리가 별로 기분 좋은 소리는 아니었습니다. 당시 들려온 소문의 사실 여부는 확인할 수 없어요. 그런데 심사의원들이 식사자리에서 그랬다는 거예요. "심사를 하긴 했지만 작문 정도의 수준이다. 뽑기는 했지만 뽑아 놓은 애를 사진평론가라고 인정할 수 있을지 모르겠다."

누군가가 사실이 아닌 것을 과장하여 말했다고 봐요. 그러나 그런 소리를 들었을 때 충격도 충격이지만 공부를 더 해야겠다는 긴장감도 상당했어요. 그래서 아마도 감히 상상할 수 없는 유학이라는 것을, 그것도 평론을 공부하기 위해 유학을 가는 결정적 계기가 되지 않았나 생각해요. 막차라는 생각을 분명히 했던 것 같아요. 그래서 "지금 안가면 영원히 갈 수 없을지 모른다." 그런 생각을 했던 것 같아요. 1993년 5월에 미국 위스콘신으로 유학을 떠났는데 그때 나이 35살 때였어요. 기회는 지금밖에 없다고 생각했습니다. 문제는 어머니와 아내였어요. 아내가 직장생활을 하니까 아이 둘을 어머니가 돌봐주시는데 제가 유학을 떠난다고 하면 그러잖아도 어머니, 아내의 스트레스가 상상초월이었는데 생각하니 끔찍할 정도였지요. 그래도 어떡해요. 한번 결정을 내리면 반드시 하고 마는 제 성격을 두 사람 모두 잘 아는데. 결국 설득해서 유학을 떠나게 되었습니다.

유학생활은 평탄했어요. 나이 들어서 갔고, 또 대학원을 마치고 갔기 때문에 돈과 언어에 문제점은 있을지 몰라도 공부를 따라가는데 어려움 혹은 학문연구에 뒤처지는 어려움은 없었어요. 예컨대 사진과 미술사 전공의 대학 졸업장을 따두는 게 좋겠다 싶어서 위스콘신 주립대학에 편입해 들어갔는데 전공 교수님들, 또 학사행정을 맡으신 분들이 대학원 석사학위자라고 하나같이 도움을 주어서 최단기간에 대학 졸업장을 딸 수 있었어요. 또 돈이 떨어져 더는 학위과정을 밟을 수 없어 돌아왔지만 뉴욕주립대학원(버펄로)에서도 많은 분들이 도움을 주어서 정말 원 없이 공부했다는 생각이 들어요. 전체 유학기간은 3년 남짓 되지만 도서관으로, 미술관으로, 스튜디오로, 아틀리에로, 사진의 역사적 공간으로 정말 신발이 다 해질 정도로 열심히 찾아다녔다는 생각을 해요. 원 없이 공부를 해보았습니다. 좀 더 공부할 수 있는 방법이 없나 여러모로 궁리를 해보았는데 어려웠어요. 더는 아이들 키우고 직장생활을 하는 아내를 힘들게 해서는 안 되겠다 생각이 들더라고요. 1년 정도만 더 공부할 수 있었으면 좋았을 텐데 하는 생각이 지금도 들어요. 유학 때는 참 많이 초조했다는 생각이 들어요. 나이 때문에, 경제력 때문에 삶에 여유가 없었지요. 늘 초조해서 제 인생은 왜 늘 이런가 생각도 했고요. 여유롭게 공부건, 삶이건, 사진이건 해보았다는 생각이 안 들어요. 늘 쫓기듯이…… 그렇다면 아내는 또 얼마나 삶이 팍팍했겠어요. 저 못지않았겠지요.

부인이 정말 훌륭하신 분인 것 같아요.

상당히 이성적이에요. 그리고 분명한 데가 있지요. 대학원에 합격했을 때, 한전에 사표를 던질 때, 리비아를 갈 때, 유학을 갈 때, 그리고 돌아와서 지금까지 이런저런 사진의 일을 벌이고 저지르고 시도할 때도 아주 이성적으로 행동하지요. 그리고 제가 무엇인가를 한다고 하거나 추진한다고 해도, 또 그 일이 잘못됐다고 해도 가급적 참견도 안 하고 간섭도 안 하고 책임추궁도 안 해요. 일차적으로 자기 일에 충실한 사람이니까 제 일도 제 일이지만 자신의 일에 꼼꼼하게 매진하는 사람이니까 제게까지 신경 쓸 겨를이 없었고 또 지금까지 경우를 볼 때 제가 무엇을 한다고 했을 때 말려서 될 상황이 거의 없다고 본 측면도 있어요. 다만 그것이 무엇이든 간에 제가 스물아홉에 안정된 직장 박차고 나와 고생을 하고 또 그 고생의 대가로 무언가를 성취했다면 전적으로 아내의 공, 아내의 덕분이라고 봅니다. 전 지금도 사진밖에 잘 몰라요. 경제적으로 무책임한 면도 크고 특히 아이들, 아이들 교육에 대해 도움을 준 적도 없어요. 돈을 벌어 와도 시원치 않을 판에 사진에 돈을 다 가져다 바쳤으니까요. 경제력도 빵점, 아이들 사랑도 빵점, 가사에 도움을 주는 것도 빵점. 사진 빼면 저는 아내나 집에 도움이 된 적이 없는 사람이었죠. 나이 드니까 반성이 많이 되더라고요.

유학에서 돌아와 활동했을 때는 몇 살이셨어요?

39살이었어요. 나이 40을 목전에 두었지요. 마음도 급하고 삶도 급하고 무엇보다 자리 잡아 안정을 취해야 한다는 생각이 컸죠. 유학에서 돌아온 첫 1년 동안은 아무 일도 할 수 없어 아주 낙담했지요. 공부를 그렇게 열심히 했는데 어느 곳도 불러주는 곳이 없구나, 하고 한탄을 했지요. 다행히 패션 스튜디오를 하는 동기가 어느 기간 동안 일자리를 주어 견뎠고 또 〈월간사진예술〉 대표이셨던 이명동 선생님이 오랫동안 고정급으로 매월 50만 원을 주신 것으로 견뎠지요. 유학 후 대학 강의는 경일대학교 사진영상학과에서 첫 시작을 했고 이후 대구예술대학교 사진예술학과를 비롯하여 주요 대학, 대학원 사진학과에서 다양한 과목으로 강의를 꾸준히 했습니다.

아마도 1998~2008년까지, 약 10년의 세월이 제가 열심히 평론 부분에서, 전시 기획 부분에서, 그리고 학술 출판 부분에서 열정적으로 활동했던 시기였던 것 같아요. 그러니까 40세 때부터 50세 때까지가 저의 사진인생 절정기가 아니었나 생각을 해 봅니다. 물론 그만큼 충돌도 많았고 시비도 많았고 불협화음이 컸던 시기이기도 했지요. 돌이켜 보면 주어진 모든 일에 열심히 최선을 다해서 했던 것 같아요. 뭘 하든 신뢰를 주는 것을 제1의 덕목으로 삼았어요. 신뢰를

Photography Criticism **Sajin Bipyung**

8 가을호

1

창 간 호

季刊

지 비 펴
ㄴ   ㅇ
ㅏ지ㅣ 비 펴
    ㄴ   ㅇ

주어야 무슨 일을 하든 도움을 받을 수 있고, 일에 대한 신뢰를 빼면 제가 가진 것은 아무것도 없다고 생각을 했지요.

그 기간 동안에 제가 하고 싶었던 일은 크게 세 가지였다고 봐요. 첫 번째는 '사진평론의 활성화' 였고요. 두 번째는 '사진시장개척' 이었고요. 세 번째는 '대중들의 사진 눈높이 고양' 이었어요. 첫 번째 사진평론의 활성화는 제 전공이자 제가 해야 할 영역이었기 때문에 가장 중요한 일이었어요. 유학에서 돌아올 때도 평론이 활성화되지 않았지요. 심지어 "사진에 무슨 평론가가 필요하냐?" 하는 사람들도 있었어요. 미술계 인사들에게 사진평론가라는 명함을 주면 뜨악하게 쳐다봤죠. 사진평론가가 뭐하는 사람인가 의구심이 들었던 모양이에요. 일단 당시 가장 유력한 사진전문지인 〈월간사진예술〉에 평론에 대한, 사진론에 대한, 사진시장과 작품경향에 대한, 사진미학에 대한 엄청난 양의 글을 썼어요. 지금도 과연 어떤 에너지로 그만큼 많은 글을 쓸 수 있었는지 놀라곤 해요. 먼저 사진가들부터 사진평론가의 존재를 인식시키고, 미술관, 화랑들에게도 사진평론의 가치를 인식시키고, 매스컴과 저널에도 사진평론가가 존재하고 있다는 것을 인식시키기 위하여 사진에 관한 전문성과 평론에 대한 전문성은 물론이고 사진의 국제적 네트워크, 글로벌 미술시장과 마인드, 여기에 비엔날레 같은 세계 유수의 미술축제에 대한 전문성까지 보여주려고 애를 썼던 것 같아요.

1998~2008, 10년의 사이에 가장 의미 깊었던 일은 뭐였나요?

시간 순서로 볼 때 1998년 가을에 〈계간사진비평〉을 창간한 일이 가장 의미 깊었던 것 같아요. 사진평론가 김승곤 선생님은 제게는 바로 위 선배 평론가였어요. 일본에서 사진이론 유학을 하고 돌아오셔서서 91년 〈수평전〉 출범에도 깊게 관여하시고, 이렇게 저렇게 사진평론분야에 일하셨는데 일할 후배가 드디어 나타났다고 좋아하셨어요. 여기에 타임스페이스 임향자 사장님께서도 절 많이 지지했기 때문에 제가 두 분의 물심양면의 도움으로부터 몇몇 후배들과 힘을 합쳐 최초의 평론전문지 〈계간사진비평〉을 창간할 수 있었어요. 역사가 이 책에 대해서 어떤 평가를 내릴지는 모르겠으나 시의성도 컸고 무엇보다 이 계간지가 인접 예술분야에 미친 영향은 아주 컸다고 봐요. 이후에는 "사진비평상"을 제정하여 지금까지도 진행해오고 있는데 대단한 일이라고 봅니다. 유학 후 첫 열정이 사진평론의 활성화, 전문화에 대한 헌신이었기 때문에 제게는 〈계간사진비평〉이 그 열정의 산물이었던 셈이죠.

다음으로 의미 있었던 일은 〈2000년 광주비엔날레〉 전시팀장으로 일한 것이었죠. 사실 저는 나중에 합류한, 좀 더 정확히 말하면 내부의 갈등으로 전시총감독이 바뀜으로써 초대를 받았어요. 그러니까 원래 〈2000년 광주비엔날레〉 총감독은 한국예술종합학교 영상원 최 민 원장이셨어요. 그런데 그분이 제도권에서 볼 때 민예총 소속 혹은 다소 좌파적 인물이라 보수적인 광주화단과 한국미협이 껄끄럽게 여겼고 그러다 보니 시끄러워졌고 급기야는 총감독이 교체되는 사건이 벌어졌지요. 후임 총감독에 오광수 미술평론가가 선임되었는데 이때 예기치 않게 제가 두 명의 전시팀장 가운데 한 사람으로 초대를 받았어요. 사진계 인사가 미술계 행사에, 그것도 광주비엔날레라고 하는 국제적인 미술행사에 팀장으로 일한다는 것은 당시로는 신선하기도 하고 충격적이기도 했지요. 그러나

MAN + SPACE

KWANGJU BIENNALE 2000

THE SPECIAL EXHIBITION

FOR

THE FAC

T

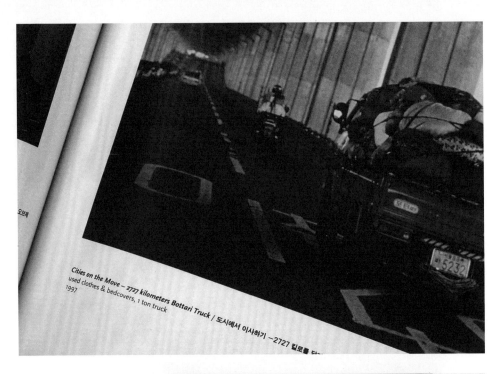

오브제

Cities on the Move – 2727 kilometers Bottari Truck / 도시에서 이사하기 –2727 킬로를 다

used clothes & bedcovers, 1 ton truck

1997

이미 국제미술행사에 사진은 현대미술이고, 또 더 이상 그림과 사진이 구분되지 않은 세계미술의 경향 속에서 우리도 2000년이라는 새로운 밀레니엄을 맞아 혁신적인 패러다임을 요구했기 때문에 큰 문제 없이 수용되었던 것 같아요. 물론 비엔날레 측에서 세계미술과 현대미술시장에 대한 글로벌 마인드, 여기에 국제적 업무능력을 충분히 고려했다고 봅니다. 당시 사진평론가로서 〈월간미술〉과 〈미술세계〉, 뒤이어 〈아트인컬쳐〉에 이르기까지 폭넓게 현대미술과 사진, 사진과 미술시장에 대한 글을 썼기 때문에 어느 정도 검증되었던 측면도 있었죠.

전시팀장으로서 제 업무는 본전시 〈아시아전〉, 〈북미전〉, 〈호주전〉, 그리고 특별전으로 〈예술과 인권전〉, 〈현대미술의 단면전〉, 〈인간의 숲, 회화의 숲〉을 기획 관리하는 것이었어요. 일은 넘쳤지만 그만큼 보람도 크고 배운 것도 많고 얻은 것도 많았어요. 당시 사진은 아무리 큰 기획이라도 1억 이상의 전시가 아주 드물었어요. 10억 예산으로 기획된 〈1998 사진영상의 해〉밖에 없었다고 할 수 있습니다. 그에 비하면 광주비엔날레는 100~120억의 행사였지요. 사진계가 어디 가서 이렇게 큰 행사를 치르거나 경험해볼 수 있겠어요. 그래서 저는 그때 주변 지인들에게 "나는 한국사진계가 광주비엔날레에 파견한 밀사다."라고 말하곤 했지요. 언젠가 사진계가 몇십억, 몇백억 예산의 행사를 할 때 누군가는 그 정도의 행사를 해 본 경험자가 있어야 한다고 생각했기 때문이죠.

또 하나는 전시 속에서 사진의 비중, 사진의 위상, 사진에 대한 미술계 인사와 관객들의 인식을 고양시키고자 했죠. 사진이 단순히 찍고 즐기고 노는 매체가 아니라 이미 현대미술이 되었고 미술작품으로 소장되고 해외에서는 그림보다 더 많이 미술관 및 화랑에서 전시되고 있다는 사실을 광주비엔날레를 통해 알게 해주고 싶었어요. 그래서 본 전시와 특별전을 맡은 해당 기획자들과 접촉할 때 최대한 사진작품들이 많이 출품되고 선보일 수 있도록 애를 썼어요. 그 결과 〈2000년 광주비엔날레〉는 현재까지도 회화보다 사진영상이 빛나고 주목받았던 전시로 기억되고 있죠. 광주비엔날레를 성공적으로 완수했다고 예술부분 대통령 표창을 받았는데 1993년 사진평론 상을 받은 이후 처음 받는 과분한 큰 상이었지요. 표창장을 받고 내려와 자리에 앉았는데 마음이 울컥하더라고요. 한전에 사표를 냈던 일, 힘들게 사진의 길을 걸었던 일, 좌절하여 사하라 사막으로 갔던 일, 경제적 능력도 안 되면서 유학을 떠난 일 등등, 힘들었던 지난 일들이 주마등처럼 스치더라고요.

사진시장의 활성화는 어떻게 추진하셨나요?

처음엔 광주비엔날레가 끝나면 〈계간사진비평〉 발간 일을 계속하려고 했어요. 그런데 끝나고 나니까 생각이 달라졌어요. 비엔날레를 통해서 형성한 미술계 인사, 화랑계 인사, 관련 저널의 편집자들 여기에 미술전시 기획자들과의 교분 및 네트워크를 통해 사진과 관련해서 더 큰 일을 하고 싶더라고요. 저의 두 번째 미션이 '사진시장의 개척 혹은 활성화'였으니까 비엔날레를 통해서 쌓은 네트워크를 통해 한번 추진해보자는 생각이 들었죠. 마침 비엔날레에서 교분을 튼 작가 한 분이 그런 기회를 제공해주어서 2000년 10월 인사동에 '하우아트갤러리'를 열고 제가 디렉터로 일을 하게 되었어요. 하우아트갤러리의 목적은 간단합니다. '빵 없이 사진 없다.'였어요. 빵이 없으면 사진도 없고 품격도 없고 수준도 없고 예술도 없다는 거였죠. 예술과 시장의 결탁은 여러 가지 역기능도 있지만 순기능도 있어요. 대표적인 것이 퀄리티가 높아진다는 거죠. 팔기 위한 상품을 대충 만들어서는 큰일이 나기 때문에 작품의 질과 수준이 높아지죠.

그래서 하우아트 갤러리는 우선으로 그때까지 우리 미술계 및 사진계가 모르고 있었던 사진시장의 규칙, 즉 사진시장이 없었기 때문에 복제 가능한 사진을 어떻게 파는지, 가격은 얼마로 하는지, 에디션 몇 장을 프린트해야 좋은지, 판매되었을 때 보증 기간을 얼마로 잡을지, 작가들은 최소한 몇십 년 동안 작품이 변질되지 않도록 어떤 보존처리를 해야 하는지, 사진의 촬영연도와 프린트 연도가 다를 때 가격 차이를 어떻게 두는지 등등 선진국 사진시장에서 통용되는 시장 규칙에 대해서 전무했기 때문에 이런 시장 규칙을 작가에게, 화랑에게, 컬렉터에게, 그리고 일반 대중에게 교육시킬 수 있는 공간으로 만들고 싶었지요. 국제 사진시장의 규칙이 적용된 사진전문갤러리. 2년 후 제가 예술학 박사과정을 위해서 그만둘 때까지 하우아트갤러리는 이 땅의 사진시장형성에 기여한 발판 혹은 교육처였다고 말할 수 있습니다.

하우아트 갤러리를 운영하면서 부수적으로 얻은 것들 중에는 평창동 가나아트센터와의 연계교육이었어요. 2000년대 초반 가나아트도 사진에 관한 관심이 컸고 사진을 미술시장 안에 편입시키려고 많은 노력을 했지요. 그래서 '가나사진영상 페스티벌'을 개최하여 국내에서는 정말 보기 힘든 국제적인 사진작품들을 많이 들여와 선보였어요. 한국에서 사진작품이 팔리게 되는 일등 공신이 저는 가나아트라고 봐요. 오랫동안 사진에 참 많은 투자와 열성을 쏟았죠. 저는 이 분야의 교육과 전문성을 통해서 일정 부분 도움을 준 바 있고요. 그리고 가나아트와의 연계 때문에 이후 현대화랑을 비롯하여 이런저런 국내 유수 갤러리들이 해외사진전을 기획할 때 컨설팅을 해줄 수 있었습니다.

하우아트 갤러리에서는 어떤 전시를 기획했나요?

하우아트 갤러리는 작은 화랑이었어요. 사진전문갤러리로서 지명도를 얻었지만 여러모로 영세했지요. 그래서 예산이 소요되는 큰 기획전은 못하고 국내 작가들의 도움을 받아 몇몇 의미 있는 기획전을 내놓을 수 있었어요. 20여 차례 정도 전시를 꾸렸는데 그 가운데서 〈퍼스트 프레임전〉, 〈미명의 새벽전〉, 〈앗제가 본 서울전〉, 〈세계명작사진전〉 등이 가장 기억에 남습니다. 특히 2001년 3월에 개최된 〈미명의 새벽전〉과 이보다 한 달 전에 개최된 〈앗제가 본 서울전〉은 오랫동안 사진가들의 입에서 회자될 정도로 인상 깊었던 전시였어요. 또 두 전시는 눈빛출판사가 전시용 도록을 출판해주어서 더욱 의미가 있었고요. 미명의 새벽전은 우리나라 사진의 거목으로 알려진 강운구, 김기찬, 육명심, 주명덕, 한정식, 홍순태, 황규태 이상 7인을 한 자리에 모은 기념비적인 전시였죠. 당시 전시 때도 다시는 이들 전설적인 일곱 명이 한자리에 모여서 전시하는 일은 없을 것이다 했죠. 그만큼 한자리에 모이기 어려운 분들이셨는데 지금은 돌아가신 분도 있고 거동이 어려운 분도 있어서 단 한 차례 전설로 끝난 전시였지요. 〈앗제가 본 서울〉은 미명의 새벽전보다 먼저 기획되었죠. 2001년 2월 서울의 최대 사건은 이명박 서울시장이 청계천을 복원하겠다고 청계고가도로를 없애는 일이었죠. 그래서 김재경, 서지영, 성낙홍, 손승현, 유현민, 홍 일, 백성현,

앗제가 본 서울
Seoul, Atget's View

대학로, 젤라틴 실버 프린트, 토닝, 37×37cm,

김병훈, 윤정미, 지성배, 이주형 등 11명의 젊은 작가들을 선정하여 과거 파리 근대화 시기에 도시화가 어떻게 진행되었는지를 사진으로 생생하게 보여주었던 프랑스 사진가 외젠 앗제(Eugene Atget)의 사진의 눈(시선)처럼 몰락하고 붕괴되어 가는 과거의 흔적 및 잔해들을 표현하도록 했어요. 기억에 오래 남은 하우아트 갤러리 전시였던 것 같아요.

하우아트가 아닌 곳에서도 개인적으로 몇 차례 기획전시를 개최한 적도 있어요. 지금도 그렇지만 인사동 한복판에 위치한 인사아트센터는 넓고 쾌적하고 관람인구도 많아서 많은 작가와 기획자들이 전시하고 싶어 하는 1순위 공간이었어요. 저도 이곳을 빌려서 몇 차례 기획전을 했는데 2003년 7월의 〈사진과 역사적 기억전〉, 2004년 4월의 〈시간의 풍경전〉이 특히 기억에 남습니다. 또 2002년 10월에 갤러리 룩스와 대안공간 풀에서 동시에 개최된 〈진실의 시뮬라크르전〉도 기억나고요. 그중에서 〈사진과 역사적 기억전〉은 또 이런 전시를 기획할 수 있을까 할 정도로 심혈을 기울인 전시였어요. 현일영, 임응식, 이경모를 비롯한 13명의 과거 기억의 사진가들과 구본창, 최광호, 이갑철을 비롯한 12명의 현대 기억의 사진가들, 이렇게 총 25명의 초청작가들이 인사아트센터 4, 5층에서 사진을 통해 역사적 기억을 환기시킨 아주 특별한 전시였지요. 언급했던 모든 전시는 책으로 출판되었던 것들이라 더 의미 깊게 다가오는 것 같아요.

그 바쁜 와중에서도 이론서적들을 여러 권 출간하셨어요.

사실 책을 출간하기 위해 별도의 시간을 낸 적은 없었어요. 워낙 여러 매체에

시간의 풍경

사진 / 김명철 · 박영무
글 / 진동선

기고를 많이 했으니까 원고가 많이 쌓였고 개인적으로 혹은 출판사들이 출간 의사가 있어 책으로 나온 것이 대부분이죠. 또 2001년 여름부터 제가 〈하우포토〉라는 사진 사이트를 운영했는데 이 사이트에 포스팅한 사진에 관한 글들이 책으로 세상에 나온 경우도 있었고요. 하여튼 1998~2008년까지 10년 동안 출간한 책은 정확히 20권이네요. 일 년에 평균 두 권씩 책을 출간한 것 같아요. 도록으로서 출간한 책 4권, 번역서로 나온 1권, 전집으로 제작된 아이들 사진책 1권, 재출간책 1권, 무크지 1권을 빼면 이론서는 12권쯤 된 것 같네요.

그 가운데서 〈현대사진가론〉, 〈영화보다 재미있는 사진이야기〉, 〈한 장의 사진미학〉, 〈현대사진의 쟁점〉, 〈사진가의 여행법〉은 지금도 관심을 받고 있는 책들이어서 더 의미가 있는 것 같아요. 사실 이 책들은 사진전공자들을 대상으로 나온 책들이라기보다는 저의 책 대부분이 그렇듯이 아마추어 사진가 혹은 일반 대중들의 눈높이를 끌어올리기 위해 출간한 책이라고 말하고 싶네요. 2009년에 출간한 〈좋은 사진〉이 결정판이지만요. 제게 마지막 남은 사진의 미션은 대중들의 사진에 대한 눈높이 향상 혹은 좀 더 높은 수준의 지적 제공이었어요. 대중들의 사진에 대한 이해가 없거나 낮거나 미약하면 사진은 더 높은 영역으로 올라설 수 없죠. 문학, 음악, 미술, 영화처럼 사진도 다양한 인프라 혹은 콘텐츠를 가지려면 대중들이 찍고 놀고 즐기는 촬영기술의 수준에 머물러서는 안 되죠. 그래서 대중들의 사진의 눈높이를 끌어올리기 위해서 난이도를 고려하여 이런저런 책들을 출간했어요. 아무래도 아마추어 사진가들이나 일반 취미 사진가들은 전공자들이 아니기 때문에 사진을 제대로 공부한 적도 없고 체계적인 수준별 교육을 받은 적도 없지요. 제가 아마추어 취미 사진가였을 때 사진과

사진사 드라마 50

영화보다 재미있는 **사진 이야기**

진동선 지음

푸른세상

좋은 사진

진 동 선 글 · 사진

붓스피

A FINE PHOTO

사진가의
여행법

함께 떠난 유럽 사진기행

한장의
사진미학

진 동 선 의
사 진 철 학 읽 기

에디션

한
장
의

진동선

사
진
미
학

사진예술사

현대사진가론

진 동 선 저

태학원

강의실을 그토록 열망했던 것이 그거였죠. 학교는 다니지 않지만, 사진과 학생들이 배운 것들을 배우고 싶었던 것 말에요.

그래서 사진 비전공자들이 전공자들처럼 배울 수 있는 사진사, 미학, 사진론, 인문학적 교양에 관한 책들을 쉽게, 이해 가능할 수 있도록 만들어보자 생각했죠. 그렇게 만들었는데 다행히 결과가 좋았습니다. 가장 많이 읽힌 책이 2003년 5월 푸른세상 출판사에 나온 〈영화보다 재미있는 사진이야기〉였던 것 같아요. 딱딱한 사진의 역사를 재미있게 머리 아프지 않게 읽었다는 사람들이 참 많았죠. 저의 25권의 책 중에서 가장 인기 있고 가장 많은 사람들이 기억하는 책이기도 하죠. 또 다른 책으로는 아마도 〈한 장의 사진미학〉이 아닌가 싶어요. 2001년 8월에 〈월간사진예술〉에서 처음 나왔을 때도 사람들이 좋아했던 책이었어요. 그러다가 2008년 2월에 예담출판사에서 새로운 개정판이 나왔는데 한 장의 사진을 통해서 사진미학의 기본개념과 실전사례를 쉽게 설명해서 그런지 지금까지도 계속 관심을 보여주고 있는 책이에요.

이것들에 비하면 사진전공자들을 위한 책은 별로 많지 않아요. 1998년 12월에 나온 〈현대사진가론〉, 그라함 클라크(Graham Clark)가 옥스퍼드 출판사를 통해서 출간한 〈The Photograph〉를 번역한 번역서 〈포토그래피〉, 그리고 2002년 5월 푸른세상 출판사에서 나온 〈현대사진의 쟁점〉 등이 사진전공자를 위한 책이었어요. 사진 사이트 '하우포토'도 그랬고 저의 대부분 책이 그렇듯이 대학 아카데미를 위한 열정보다는 대중을 위한 사진교육과 강의에 더 집중하고 매진해온 것 같아요. 아마도 제가 직장인, 아마추어 취미 사진가 출신이었다는

포토그래피

이미지를 읽는 새로운 방법

그라함 클라

진동선 옮김

사실이 그쪽으로 가도록 했는지도 모르죠.

그렇게 열심이셨는데 왜 갑자기 서울을 떠나 부산으로 간 거죠?

지난 몇 년 동안 참 많이 듣고 받았던 질문이네요. 그 이유를 말하는 것은 그리 어렵지 않아요. 그런데 모든 것이 동시다발적으로 일어나고 얽혀서 어느 것 때문에 갑자기 서울을 정리하고 부산으로 내려갔다고 말하기는 어렵네요. 단 종합하여 한마디로 말한다면 영화 대사인가요? '박수칠 때 떠나라?' 그렇게 해보는 것도 괜찮겠다 싶었어요. 워낙 사진 일을 많이 했고, 안 해본 것 없이 해볼 거다해보았다는 생각도 들었고, 크게 서울에서 미련을 가질만한 혹은 염원하는 일도, 위상도, 역할도, 자리도 없었기 때문에 마음이 편했죠. 또 서울을 떠날 채비를 한 때가 인생 절반, 50이었기 때문에 중년 남자들에게도 찾아온다는 우울증 비슷한 것도 있었던 것 같고요. 또 서울에는 나 말고도 능력 있는 사람들이 많기 때문에 굳이 나까지 서울에 있을 필요 없다는 다소의 신비주의적인 생각도 있었고, 서울에 있으면 어쩔 수 없이 후배들과 경쟁하거나 먹고 살기 위해 뻗을 자리가 아닌 곳에 뻗었을 때 추해질 수 있고 지금까지 쌓아온 것들이 와르르 무너질 수도 있겠다는 생각도 했죠. 그래서 2007년 6월에 부산으로 이사를 했어요. 물론 당시 장모님이 위중하여 부산 인근 울주의 한 병원에 요양 중이셨는데 효심 많은 아내가 장모님 곁에 있고 싶다고 했고 이런저런 복합적인 이유와아주 현실적인 이유 때문에 서울을 떠나게 된 거죠. 그러나 이유가 무엇이었든 간에 저는 부산에서 여행만 하고 책 쓰는 데만 전념할 생각을 했어요. 그러나어느 순간 사진카페를 운영하고 사진도 가르치고 전시도 기획하는 분주한 삶을 보내게 됐어요. 물론 처음에는 재능기부의 심정으로 저의 사진 지식을 나누고 자 해서 사진 봉사를 하기도 했는데 어느덧 사진 강의 및 작가지도에 열성인 저를 보았죠. 그렇다고 여행을 안 하고 책을 쓰지 못한 건 아니에요. 여행도 많이 하고 〈쿠바에 가면 쿠바가 된다.〉, 〈좋은 사진〉, 〈사진철학의 풍경들〉 등 책도 5권이나 출간했어요.

부산에서의 삶은 어땠나요? 작가로도 활동하셨는데...

앞서 말했던 것처럼 부산에 내려올 때 처음엔 목표가 분명했죠. 여행이나 하고 틈틈이 책을 쓰려고 했어요. 가령 한번은 대중 눈높이에 맞는 책을, 한번은 다소 수준 높은, 대중들의 눈높이를 한 차원 끌어올리는 책을 쓰자는 생각을 했죠. 실제로도 그랬고요. 여행서와 이론서를 번갈아 가면서 냈어요. 그런데 강의 요청이 더 많았어요. 이리저리 알고 강의 요청이 들어오고 사진을 봐 달래기도 하고, 또 여기저기 사진자문에 응하다 보니 어느 순간 서울에서 했던 것을 똑같이 하고 있더라고요. 그런 와중에서도 해운대 상당중학교 사진예술반(C.A.)을 지도 했던 일은 의미가 컸어요. 중학생들에게 사진 재능기부를 했으니까요. 한편으로 저의 부산 생활은 곧 신세계백화점(센텀시티점)의 신세계아카데미에서 사진을 가르쳤던 시기라고 볼 수도 있어요. '아이러브카메라' 라는 강좌명으로 사진을 지도했죠. 3년여를 열심히 가르쳤는데 제 삶의 아주 중요한 부분이었어요. 일주일에 이틀을 나가서 강의했어요. 수강생들도 열심히 잘 따라와 주었고요. 단계적으로 초급, 중급, 고급, 전문반까지 만들었는데 저의 경제적 방편도 방편 이지만 부산 지역 아마추어 사진가들 혹은 일반 대중들에게도 시작단계부터

제대로 가르쳐보겠다는 의지가 컸어요.

그러다 보니 사진카페도 하게 됐죠. 어느 날 사진을 전공한 딸이 해운대 구청 근처에 괜찮은 사진카페 자리를 발견했다고 가보자고 하더군요. 해운대 성당 뒤편, 그러니까 해운대초등학교 입구에 자리한 20년이 다 된 4층 건물의 1층이었어요. 살림집을 오래 해서 아주 지저분했고 오랫동안 주인이 없었던 것 같았죠. 그러나 제가 보기엔 고은사진미술관에 가깝고 위치도 괜찮았어요. 그래서 임대하여 사진카페를 오픈했죠. 2008년 12월 23일에 문을 연 '카페루카(cafe luca)' 예요. 루카는 해운대에 위치했지만 부산지역의 사진문화공간으로서 폭넓은 역할을 했다고 봐요. 저는 서울에서도 개방하지 않았던 제가 모은 국내외 사진집, 사진책, 사진잡지, 각종 예술 관련 단행본에서부터 소설책에 이르기까지 모든 자료를 개방했어요. 부산 사진가들은 언제든 커피를 마시고 마음껏 사진집, 사진책, 사진잡지를 볼 수 있었죠. 루카는 아주 짧은 기간에 지역 사진가들의 모임, 소통, 교육, 정보 나눔의 공간이 됐어요. 부산 사진의 인프라의 하나가 된 거죠.

이후로 2층까지 확장하여 강의실을 갖췄는데 이곳에서 공부하거나 공부했던 사람들이 적지 않죠. 특별히 저는 이 강의실을 '포토부산(Photo Busan)'의 전용 강의실로 활용했어요. 포토부산은 제가 부산 삶을 시작할 수 있는 기반이었을 뿐만 아니라 이론과 실기를 교육시킬 수 있었던 교육처였죠. 또 오랫동안 애정을 갖고 함께 지내온 사진모임이기도 하고요. 이런 일에 빠져들다 보니 시간이 금방 가더라고요. 그러고 보니 전시기획도 한차례 했네요. 사진 열기가 상당한 울산에서 2009년 9월에 〈울산국제사진페스티벌〉을 기획하여 총감독으로서

일했었죠. '사스' 때문에 큰 어려움에 직면하기도 했지만 지역에서 국제사진페스티벌이 열린 것은 상당한 의미가 있다고 봐요.

부산에서 작가로서의 삶은 그다지 내세울 게 없네요. 사진을 열심히 찍기는 했지만 그것은 작품 혹은 전시를 위하여 찍었다기보다 사진책을 출간하기 위해서, 아니면 오랫동안 블로그를 열심히 했는데 블로그 포스팅을 위해서 사진을 찍은 것 같아요. 작가로서 활동했다면 최소한 개인전 한두 번 정도는 해야 하는데 그런 적이 없어요. 책 출간을 위한, 블로그 포스팅을 위한 것이 전부라고 봐요.

서울로 돌아오신다는 얘기를 들었어요.

맞아요. 10월쯤에 다시 서울로 올라갈 준비를 하고 있죠. 아쉬움이 크지만 제가 보기에 부산에서의 저의 미래적 삶이 밝지 않아 보여요. 인프라도 부족하고 지적, 교육적 체계도 다양하지 못하고 찍는 사람들은 많은데 지속적인 공부, 전문성 있는 공부 쪽에는 아직은 열악하다고 봐요. 저 혼자 할 수 없는 일이니까 어느 순간 떠날 때가 되었구나 생각을 했죠. 경기도 파주 쪽으로 이사를 준비하고 있죠. 저도 그렇고 딸에도 그렇고 출판에 관한 관심이 있어서 아무래도 출판단지 근처, 그러니까 출판 인프라가 갖춰진 인근으로 이사를 하려고 준비하고 있죠. 저는 지금까지 24번 이사를 했어요. 중학교 이후부터 제가 시도했던 이사가 24번이에요. 한 곳에 5년 이상을 살아본 적이 드물다고 봐야죠. 평균 3~5년 끝없이 이사를 다녔던 것 같아요. 우리 식구들 모두 성향적으로 한집에서 오래 사는 것보다 새로운 집에서 바꿔가면서 사는 것을 좋아하는 듯해요. 그런데 얼마 전에 아내가 이제 이사하는 게 힘들다고 말하더라고요. 힘이 들 때도 됐죠.

서울로 다시 이사를 하시면 책 작업 말고 혹시 특별한 다른 계획도 있으신가요?

별다른 건 없어요. 책 만들고 강의하고 여행하고 그러겠죠. 모르죠. 한동안 놓았던 전시기획일을 하게 될지는. 그러나 현재는 전시기획처럼 일 벌리고 싶은 마음은 없어요. 이전에 충분히 할 만큼 했다는 생각을 해요. 아주 특별한 것은 아니지만 사진교육용 교재를 한번 잘 만들고 싶어요. 3년 전이었던가요. 제 인생에 가장 감격스러웠던 때가 한번 있었죠. 전국 수능모의고사 시험 언어영역(비문학)에 제가 펴낸 〈좋은 사진〉에서 지문을 발췌한 사진문제가 출제됐죠. 긴 지문과 함께 두 문제가 출제되었는데 비록 모의고사지만 사진에 관한 문제가 2문제씩이나 출제되었다는 것은 이전에 상상할 수 없는 일이었죠. 모의고사지만 수능에 사진문제가 나오니 이곳저곳에서 문의전화가 많았어요. 혹시 수능시험에 나오거나 나올 가능성이 있어 보였기 때문이겠죠. 책을 출판하여 얻게 되는 보람이었던 것 같아요. 그러니까 바로 그런 책, 초. 중. 고등학교 학생들이 사진에 대해서 알아 갈 수 있는 교육용, 학습용 사진교재를 잘 만들고 싶어요.

선생님 성함의 한자는?

동녘 동(東)에 착할 선(善)자예요.

이름에 대해서 생각해보신 적이 있으세요?

글쎄요. 우리나라에서는 없었던 것 같고 유학 때 학생들이, 선생님들이 너의 이름이 뜻하는 바가 뭐냐 물은 적이 있었는데 그때 "동양(東)에서 온 착한(善) 사람이다."라고 설명해줬던 기억이 나요. 그런데 부모님께서 제 이름을 잘 지어주셨다는 생각을 해 본 적은 없어요. 그렇다고 나쁘다는 이야기는 아니고요. 그러나 요즘 같은 인터넷 시대에 이름은 가급적 희귀할수록 좋을 것 같아요. 검색했을 때 딱 한 사람만 나오는 귀한 이름. 같은 이름이 여럿일 때는 섬색을 했을 내 너무 사람이 많으면 안 좋을 것 같아요. 제 이름을 검색어로 치면 사람으로서는 저만 나와요. 하나기 때문에 검색경쟁이 없어요.

'내 인생에서 이 사람들', 하고 언급하신 분이 몇 분 계신데 그분들이 준 것은 뭐라고 생각하세요? 배병우 선생님, 김장섭 선생님 혹은 유학 때 교수님 등등……

이미 한차례 언급했지만 배병우 선생님은 유일한 사진의 은사예요. 항상 열심히 작업하시고 부지런하시고 공부도 소홀히 하지 않는 진짜 몸으로 보여주는 선생님이세요. 그분은 너른 식견과 예술적 경험, 가히 경륜이라고 말해도 좋을 만큼 모든 면에서 뛰어난 은사죠. 제게 미친 영향은 대단했어요. 김장섭 선생님은 현재 거동이 불편하신데 정말 안광이 빛났던 똑똑하고 영민한 분이셨지요. 예술철학, 미학, 미술사까지, 여기에 화가로서 풍부한 실전경험과 글로벌 식견까지 참 배울 점이 많은, 형님으로서 성격까지 좋으신 분이셨죠. 오래전의 이야기지만 80년대 후반에서 90년대 후반까지 배병우, 김장섭, 진동선은 마치

라인처럼, 사진의 계보로서 인간적 유대가 끈끈했죠. 미국 유학 때는 톰 마틴 교수에게 많은 것을 배웠어요. 판화 전공의 교수였는데 인간적으로도 참 친절하고 자상하고 작업에서도 항상 겸손했던 매너, 교양, 행동들이 참 인상적이었어요. 저는 그렇게 못했지만 말이에요.

또 한 사람 있어요. 직접 만난 적도 없지만 저의 사진적 우상 혹은 사진의 '영원한 거울' 같은 분이 있지요. 바로 미국의 사진가 로버트 프랭크(Robert Frank, 1924~)예요. 제가 지난 20년 넘게 혹은 그보다 더 오래 한결같이 '길(on the road)'을 찍고 고독을 즐기고 어둠과 허무, 세상 저편에 대한 '아웃사이더의 시선', 즉 혼자만의 고립된 세계의식을 투영할 수 있도록 해 준 분이 로버트 프랭크예요. 그분은 절 모르지만 저는 그분의 사진, 그분의 사진 세계, 그분의 사진에 대한 생각과 태도를 사진전공생들에게, 사진의 후배들에게, 사진을 공부하는 모든 사람에게 알려주고 싶을 정도로 위대한 현대사진가 중의 사진가죠. 1993년 5월이었죠. 유학을 떠나기 전에 종로2가 파인힐(Pinehill) 갤러리에서 저의 첫 개인전을 열었는데 그때 전시 서문에 썼지요. "이 전시를 로버트 프랭크에게 바친다."라고요. 제게 그런 분이셨어요.

광주비엔날레 얘길 하면서 '밀사의식'을 말씀하셨는데 사실 밀사의식은 신앙을 가진 사람들의 사명감 같은 걸로 연결할 수 있는데 선생님은 어떠세요?

가난한 사람들이, 혹은 가난한 나라의 사람들이 살아갈 수 있는 생존법 같은 것이 제가 말한 밀사의식이라고 봐요. 자신의 능력, 혹은 집안의 능력으로 어찌해 볼 수 없을 때 능력을 가진 다른 공간, 다른 세력에 몰래 빌붙어 힘을 키우거나 훗날 어떤 목적을 달성하기 위해 은밀히 진행하는 것이 밀사의식이 아닌가 생각해요. 저는 2000년 당시 사진계가 가난하고 약하니까 부자, 힘 있는 미술판에 잠입하여 배우고 익혀서 나중에 사진계를 위해 써먹으려고 했죠. 이것 역시 밀사의식이 아닐까 싶어요. 저는 아주 어렸을 때부터 이런 밀사의식 비슷한 은밀한, 숨은, 노출되지 않은 은신성에 대해 집착하고 또한 내 안에 끌어들였던 것 같아요. 요령껏 얻어먹는 눈칫밥도 여기에 속한다고 봐요. 가령 저는 어렸을 때 요령을 눈칫밥과 연결시켰죠. 눈치가 발달해서 이집저집 잘사는 친구 집에 밥 먹기 30분 전에 가서 적절히 놀아주고 밥을 얻어먹곤 했어요. 밥 먹을 때 너 집에 가라는 말은 안 하잖아요. 어렸을 때 이런 눈치의 적응능력이 발달하여 추리로, 추론으로, 논리로, 비평으로 연결되었다는 생각을 해요.

사모님은 어떻게 만나셨어요?

막내라서 귀여운 여동생에 대한 부러움이 컸어요. 당시 최고의 국민 여동생이었던 최진실 같은 성향이었죠. 애교 많고 발랄하고 적극적인. 저도 그런 여동생이 있으면 좋겠다 생각했는데 진주에서 그런 성향이라고 믿은 제 아내를 보았죠.

제 아내는 발랄, 애교형이 아니라 아주 침착하고 차분한 성격인데 쾌활 발랄한 성격으로 보고 동생 하자고 했죠. 그때 아내는 막 고등학교를 졸업하고 은행원이 되었는데 탁구에 아주 빠져 있었죠. 탁구 상대로 호감을 얻고 막판에 다방에서 동생 하자고 설득했죠. 어떤 극적인 사연이나 연애나 이런 것은 없었어요. 4년 정도 제 사진모델로 데리고 다녔는데 어느 순간 배우자를 찾고자 혹은 찾아서 또 돈과 시간을 쏟는 것은 무의미하다는 생각이 들어 이런저런 곡절 끝에 결혼을 했죠.

아내의 이미지도 살아오면서 몇 번 바뀌셨을 거 같은데……

그렇지는 않아요. 아내에 대한 이미지는 하나예요. '분명한' 하나. 아내는 상고에 은행원 출신이라 빈틈없고 철저하고 확실해요. 항상 분명한 데가 있지요. 그런데 제 경우는 특정 부분에만 분명하고 나머지는 전혀 그렇지 못하죠. 오직 사진과 학문에서만 분명할 뿐, 경제, 사회, 인간관계에서는 빵점, 전혀 분명하지 못하죠. 가령 저는 돈이 들어오면 먼저 쓸 곳을 찾아요. 아내는 저와 정반대인 셈이죠. 저는 경제력, 경제관념이 제로예요. 예컨대 아내는 수수료 나가는 거에 철저한데 저는 별로 아깝다고 생각 안 하죠. 그래서 지금까지 30년 정도 살아오고 있는데 항상 문제가 되는 것은 경제적 이유 때문이었어요. 저축, 목돈 경험이 제게는 없었어요. 항상 잔액이 간당간당한 삶. 그래서 아내의 힘으로 여기까지올 수 있었죠. 큰아이가 사진을 전공했는데 일찍부터 남자를 볼 때 경제력을 최우선으로 본 듯해요. 저를 반면교사로 삼아서 그랬겠죠.

전사지만 그래서 즐기지 못하는 역설 같은 것에 빠진 적이 있나요?

가령 "사진의 전사가 사진을 즐기지 못할 수 있는가?"라는 질문으로 본다면 제 경우는 아니라고 봐요. 저는 즐길 뿐 아니라 포장술도 능해요. 다른 사람이 볼 때 철저하게 아니 과도하게 즐기고 빠져 있는 것처럼 보이는 경향이 있어요. 이를 비의도적 포장술이라고 한다면 저는 그런 쪽에도 능해요. 전 사진의 정체성 혹은 본질에 그런 게 있다고 봐요. 유희적인, 탐욕적인 혹은 응용적인 측면들 말예요. 사실 사진은 태어날 때 그 이상도 그 이하도 아니었죠. 사진 그 자체는 어떤 계급도 직위도 없어요. 활용하는 자가 거기에 포장을 입히는 거죠.

그런데 이런 제게 이런 면은 분명히 있어요. 나는 전사인데 다른 사람이 사진을 유희적으로 보거나 가볍게 보거나 함부로 대하거나 일회용 껌 정도로 본다면 무척 화가 나죠. 저는 전사로서 가히 경배의 대상으로 보고 있기 때문이죠. 그러니까 전사로서 저도 사진을 즐기고 놀지만 가볍게 보지 않고 존경, 경배의 수준으로서 혼이 나가듯 즐기지만 여타 사람들이 말 그대로 "참을 수 없는 존재의 가벼움"으로 사진을 즐기고 논다면 참기가 어렵다고 보죠. 쉬운 예로 모든 걸 다 바친 여자가 있는데 그 여자를 남들이 가볍게 대하고 말을 함부로 하면 기분 나쁘고 열 받는 경우와 같다고 할까요? 저는 못 참는 편이에요. 물론 저의 그런 태도가 과한 면이 있다는 것도 알아요. 과하고 독선적이고 편협하다는 것. 자신을 지키고 싶으니까. 그렇게 망가지고 싶지 않으니까. 모든 걸 걸었던 삶의 전부 그 모든 가치라고 여기니까 공격적이고 독선적이 된다고 보는 거죠. 자꾸 지키려고, 상처받지 않으려고, 달리 말하면 가치와 의미의 보상이 없어지니까.

그게 방어적으로 작동하다 보니 사진에도 사람들이 쉽게 다가가지 못하고 선생님에게도 쉽게 다가가지 못하잖아요.

인정해요. 그런 면이 너무 크죠. 자신에 대한 보호본능, 사진에 대한 영역보호가 아주 과하죠. 문제는 제가 자꾸 그 대가를 감수하려 한다는 점이에요. 즉 모든 걸 잃더라도 하나를, 하나만 잃지 않으면 된다는 생각이 늘 짓누르고 있죠. 저는 압니다. 누구보다도 제가 저를 잘 아는데 부드럽게, 융통성 있게 혹은 상황에 잘 맞게 대처하는 능력이 몸에 배야 하는데 잘 안 돼요. 늘 반성하고 고치려고 노력하는데 어떤 상황이 발생하면 마치 조국을 지키는 구국의 전사로 탈바꿈하죠. 그래서 저도 힘들고 고통스러울 때가 많아요. 그런 것이 다른 사람에게 상처라는 것을 잘 아니까요.

앞으로도 자신의 성으로 접근하지 못하도록 유지하실 건가요?

자신은 없어요. 전사에게 힘이 항상 있는 것은 아니니까. 그러나 지금으로 말씀드린다면 크게 나아지지는 않을 듯해요. 아직도 사진의 전사라는 생각, 아직도 사진의 밀사라는 생각은 남아 있어요. 그것이 사진에 대한 애정 혹은 사랑의 순도로 여겨지니까요.

특명을 받았다는 느낌을 즐기시는군요.

특명이라기보다는 어쩌면 신탁이 아닐까 싶어요. 제가 스스로 사진의 신탁을 받았다는 감정 혹은 결의 같은 거요. 가령 대동여지도를 만든 김정호 같은 생각? 김정호도 대동여지도를 만들면서 그런 무언가로부터 부여받은 듯한 사명감을 느꼈다고 봐요. 이런 것이 아마 신화적으로 말하면 "신으로부터 위임", 바로 특명이나 신탁의 개념이 아닌가 싶어요. 또 하나 예를 든다면 소통의 의미 같은 거죠. 사람들은 "소통하자. 소통하자. 모두가 소통하는 게 좋은 거다." 그리 말하는데 동의하기 어려워요. 소통하지 않은 것도 소통이에요. 그러니까 모두에게 열린 소통도 소통이지만 모두에게 열리지 않는 소통도 아름다운 소통일 수 있다고 봐요. 저는 비밀이야말로 가장 아름다운 소통의 하나라고 봐요. 세상에 비밀 없이 누구나 다 알도록 까발린다면 어떻게 사나요. 몇몇 한정된 사람, 요컨대 특명, 신탁을 받은 자들만 소통하는 소통도 아름다운 소통이라는 거죠. 소통되지 않은 소통도 있어야 해요.

지키지 않아도 남들이 인정하는데 지나친 방어기제 같은 건 아닐까요?

그런 면이 없지는 않지만 제가 저 자신을 볼 때 "사진을 너무 사랑해서, 정말 목숨 걸듯 사랑을 해서 그런 것"으로 봐요. 사진에 대한 과도한 사랑이 역으로 혹은 달리 보면 지나친 방어기제일 수 있는데 저는 그냥 그 자체예요. 너무 사랑하니까 지키고 싶고 너무 사랑하니까 아무나 가질 수 없게 하고, 너무 사랑하니까 그 가치를 아는 사람하고만 공유하려고 하는 거죠. 제게 사진은 가히 종교처럼 자리할 때가 많죠.

절대시하고 있는 바로 그것의 속성을 뭐라고 정의할 수 있을까요?

'숭고함'으로 정의하고 싶어요. 숭고함은 모든 것의 마지막 관문 혹은 가장 높은 관문으로 봐요. 칸트처럼 '절대'의 배경에 숭고함이 있는 거죠. 따라서 숭고함을 지키지 못하면 숭고함은 없는 거다. 문학 하는 사람이 문학을 숭고하게 바라보지 않으면 문학은 없는 것처럼 사진도 사진가들이 숭고하게 다가서지 않으면 숭고할 수 없는 거죠. 물론 여기서 사진이나 문학이 꼭 숭고해야 하느냐라는 질문과는 다르다고 봐요. 숭고는 어떤 것의 최고의 덕목 혹은 마지막을 지키는 가치의 보루 같은 것이니까요. 저의 사진에 대한 절대시, 정말 과한 절대시는 사진에 대한 숭고함이 그 근원이라고 말할 수밖에 없어요. 그래서 지키려고 하고 수호하려고 하고 상처받지 않으려고 하는 거죠. 특명을 받은 전사, 신탁을 받은 밀사처럼……. 에르메스 같은…….

그 차이를 일반인들이 어떻게 알 수 있을까요?

'학(學)'을 알게 하는 거죠. 가령 사진학(寫眞學)을 알게 하고 학이야말로 숭고함이 지켜지는 최후의 보루라는 것을 알게 하죠. 역시 교육으로 가능한, 교육을 통하지 않으면 안 되는 것들이죠. 종교도 그렇다고 봐요. 예컨대 성경이 종교학의 최후 보루인 것처럼 학을 알고 학을 지키고 학을 세우려 하는 사람은 전사, 밀사가 될 수밖에 없다고 봐요. 그들의 근원, 본질 혹은 낮은 차원의 본능처럼. 사진학은 전사, 밀사들이 본능처럼 지키고 세우고 세워 왔다고 봐요. 기독교 역사처럼 말이에요. 그래서 일반인들에게도 사진을 기술이 아닌 사진학을 알게

함으로써 일회적 유희가 아닌 예술학, 미학, 철학을 통해 더 깊은 수준으로 이끌어야 한다고 보는 거죠.

선생님께 배울 '학'이란 한 글자가 주는 의미는 거의 종교나 신성함에 가까운 거네요.

네 그래요. 그 안에 철 '학'의 '학' 자가 결국은 '물음'이니까 물음이 있는 곳, 학이 붙은 곳은 근원, 본질, 진리를 묻게 종교의 영역 혹은 신성의 영역과 같게 되는 거죠.

물음의 대상이 여러 가지 있는데 선생님께서 가장 근본적으로 '이거는 나의 화두다.'라고 잡고 있는 건 무엇이세요?

'존재와 시간' 혹은 '시간존재'라고 생각해요. 다분히 하이데거 적이긴 해요. 그러나 존재와 시간은 사진에서 절대적이고 운명적인 거예요. 간과될 수가 없어요. 시간이 없으면 사진도 없고 사물의 존재감이 없으면 사진도 없죠. 사진은 눈앞의 시간 속에서 사물의 존재감과 대결하는 표현행위죠. 존재와 시간은 사진에서 뗄 수가 없어요. 사진학을 하는 입장에서 절대적인 화두라고 할 수 있죠.

시간과 존재를 일반사람들이 알기 쉽게 콕 집어 말한다면 어떤 걸까요? 아무래도 추상적 개념이 될 수밖에 없을 것 같은데요.

어렵네요. 사진 그 자체가 바로 시간 존재의 자국인데 말이죠. 존재 중의 존재인데 설명은 어려워요. 이렇게 말씀드리고 싶네요. 사진은 자국의 예술이다. 결국 사진은 자국을 추적하는 것이다, 누군가가 앞서서 앞선 시간 속에서 흘린 어떤 존재의 자국을 바라보고(시선) 취하고(표현) 말하는(전시) 것이다. 그래서 역으로 세상의 모든 사진은 어떤 존재가 앞선 시간 속에서 남긴 자국이다. 존재의 자국을, 그것의 의미를 가볍게 보지 마라, 숭고한 것이다, 라고 정리할 수 있을 것 같네요.

선생님께서 사진가로서 작품에 가장 담고 싶은 것도 그런 건가요?

네. 그런 것 같아요. 사물과 사물성의 존재감이에요. 제게 관심은 일차적으로 시간이고 시간 속에 있는 사물의 존재감이죠. 저는 이것들의 본질을 사물과 사물성 혹은 사물다움으로 생각해요. 하이데거의 말인데 어려운 말이죠. 제가 오랫동안 사진을 통해 바라보고자 한 것 혹은 사진을 통해 표현하고 싶은 것은 '말해질 수 없는 사물의 존재감'이에요. 가령 어둠에 관한 것, 텅 빈 길에 관한 것, 홀로 고립된 것, 눈에 잘 띄지 않은 여린 것들, 또는 인간의 뒷모습이나 모퉁이를 돌아가는 멀어지고 작아지는 인간과 동물에 대한 존재인식이 제게는 존재와 시간이고 또 그것들에 대한 사진적 표현을 사물이 자신이 누구인지, 어떤 존재감으로 있는지를 드러내는 사물, 사물성 바로 사물다움으로 보죠. 따라서 저는 빛나는 것들, 중심에 있는 것들, 화려한 것들, 스포트라이트를 받는 전면과 정면을 드러내는 대상들보다는 드러나지 않은 이면, 뒷면에 자리하는 사물의 존재감에 더 주목하죠. 아마도 제 사진이 어둡고, 고요하고, 텅 비고, 우울하고,

활기 넘치지 않은 것, 가장자리, 변두리, 중심에서 밀려나거나 중심으로부터 벗어나 있는 말해질 수 없는 사물 존재 혹은 사물의 시간존재를 표현하고 있기 때문일 거예요. 그런 피사체가 저는 좋고 편하고 만나면 행복해요. 하이데거가 예술작품의 근원을 '그 사람의 본질, 그 사람이 어떤 사람이고 어떻게 형성되었는지를 말하는 그 몸으로부터 규정되는 그것' 이라 했는데 저는 이것이 바로 모든 작품은 그 사람으로부터 나오는, 그 사람을 규정하는 정체성이라고 보는 거죠. 딴 몸이라 아니라 그 몸, 그 사람이 무엇인지, 누구인지를 규정받는 그것인 거죠. 제가 오랫동안 말해질 수 없는 존재들에 관심을 가진 것은 제가 그런 주체이면서 대상이기 때문으로 봐요. 제 안에 어떤 어둠, 고립, 단절, 고독이라는 어떤 결핍의 무언가가 있고 그것들이 제게 몸처럼 익숙하다 보니 아마도 그런 피사체, 즉 그런 사물과 사물성에 빠지고 빨려들고 오랫동안 미치도록 좋아하나 봐요.

사물과 사물성이 존재와 시간을 연결해주는 연결고리라고 하셨는데, 사진을 통해서 구체적으로 표현하고 싶은 이야기는 무엇인가요?

말로 표현하기는 어려운데 쉽게 표현해보자면 모든 시간은 소중하다, 모든 사물은 소중하다. 왜냐하면 단 한 번밖에 나타나지 않기 때문이다. 당신이 만나는 시간은 일생에 단 한 번의 시간이다. 지금 당신 카메라 앞에 있는 피사체도 단 한 번 그 시간에 존재하는 피사체다. 따라서 세상에 존귀하지 않은 피사체는 없다. 고로 사진은 어디에나 있고 궁극적으로 사진은 존재를 드러내는 데 있다. 무얼 찍어도 사진이고 어떻게 찍어도 사진이지만 사진은 말을 못하니까 사진이 스스로 자신의 존재를 말하도록 표현하라! 그런 거죠. 제 사진의 이야기는 이런 사물존재의 드러남을 통해서 자신의 스토리텔링을 말하는 거죠. 무엇이든, 어떤 이야기든 간에 자신다운 자신의 무언가를 드러내는 이야기죠. 말로 하니까 참 어렵네요. 물론 사진적 표현도 쉽지 않죠.

카메라라고 하는 것, 사진이라고 하는 것의 본질을 생각해보면 알 수 있죠. 사진은 노출하는 거잖아요. 이때의 노출은 조리개, 셔터가 아니에요. 사진이 말하는 노출은 물리적인 노출을 넘어서 노출될 수 없는 것들, 노출되지 못하는 존재들의 존재감 혹은 그들의 이야기를 노출하는 거죠. 말은 쉽게 하지만 참 어려운 일이죠. 그래서 사진도 하면 할수록 어려워요. 가령 사진은 찍으면 누구나 다 알아요. 무엇을 찍었는지를 아는 거죠. 그런데 왜 찍었는지는 말해지지 않죠. 저는 바로 그 '왜'를 말해보려고 해요. 사진에서 참 중요하고 중요하니까 어렵고 힘들어요. 사진은 결코 쉽지 않아요. 찍는 행위만 쉽죠.

저도 아마추어 사진가로서 상당 시간 동안 사진을 찍었어요. 그런데 나중에 보니까 사진에 말이 없더라고요. 분명 멋져서, 예뻐서, 매력적이어서 사진을 찍었는데 정작 나는 없어요. 내 몸에서 나왔는데 저도 없고 제 이야기도 없었죠. 오직 있는 것은 피사체 형상이었어요. 그런 걸 깨달았다는 것이 절 이 길로, 그러니까 프로의 길로, 예술의 길로, 미학의 길로, 철학의 길로 이끌지 않았나 싶어요. 그래서 그렇게 사물의 근원과 본질에 다가가고 싶었고 그걸 공부하고 탐색하다 보니까 일반 사진애호가, 취미 사진가들이 사진을 가볍게 보거나 떠들거나 쉽게 보면 화가 났죠. 사진이 쉽지 않고 가볍지 않고 묵직한 것인데 별거 아니라고 생각하는 사람들을 보면 기분이 안 좋아졌던 거죠. 공부하면 알아요. 무엇이든지 가벼운 게 없다는 거, 알면 알수록 어렵다는 거, 특히 함부로 떠들수 없다는 거요. 알면 조용해지죠,

저의 〈사진철학의 풍경들〉도 그것들을 말해보는 책이었어요. 사진은 가볍지 않고 어렵다는 걸 보여주려고 했어요. 뭐든지 본질에 담고 근원을 말하려 하면 어려워지는 것 같아요. 깊이로 다가가는 것이니까요.

그런 생각들로 버겁다거나 힘들다고 느껴본 적은 없으세요?

그런 건 없는 것 같아요. 오히려 무언가가 잡힐 때, 차츰 알아져 갈 때 행복을 느끼는 편이에요. 지적 희열이나 쾌감 같은 거죠. 또 저는 상당히 운명론자 혹은 어떤 숙명 같은 것을 즐기는 편이에요. 알 수 없는, 알지 못하는 곳으로 이끌려지는 운명, 숙명 같은 것을 받아들이고 좋아해요. 모든 근원, 이치, 본질은 궁극적으로 철학의 영역이잖아요. 철학이 답을 주는 학문은 아니지만 질문을, 의문을 제공하는 학문이잖아요. 그래서 모든 학문은 결국은 철학의 문제일 수밖에 없는 것 같아요. 사진도 그렇다는 거죠. 그것들이 버겁다기보다는 도전하거나 넘어서거나 다가가서 알아채는 희열이 더 커요 제게는.

사진도 마찬가지라고 봐요. 사진을 하면서 한 번도 힘들다는 생각을 해본 적 없어요. 목표 지점이 있고 도전을 통한 성취감이 크니까 힘들다는 생각이 안 들죠. 아마 모든 작가들이 그럴 거라고 봐요. 오히려 그걸 즐기죠. 쉽지 않으니까

성취했을 때 만족도가 크니까 기꺼이 받아들이죠. 물론 직접 찍는 사진과 달리 이론은 좀 다르죠. 학문은 성취감, 만족감이 쉽지 않아요. 오히려 모르는 것이 더 많아진다는 부담감, 한계에 대한 자책감 혹은 아득함이 실기보다 훨씬 지배적인 것 같아요. 제 경험상 그래요.

제자들 중에 '진짜 이 친구는 내 제자다.' 라고 생각하는 분이 있으세요?

제 경우는 제자의 개념이 좀 달라요. 제가 이론가, 평론가니까 이론분야에서 아끼고 기대하는 제자가 있을 수 있는데 대학교수가 아니기 때문에 아카데미에서 제자는 조건이 안 되죠. 만약 사진대학에서 이론전공 교수였다면 아마도 제자가 있을 수 있었겠죠. 또 제 경우에는 작가로 활동했고 활동하고 있으니까 제자 중에 말씀하신 아끼고 사랑하는 "내 제자다."가 있을 수 있는데 지금까지는 없었어요. 그 이유는 제자들 때문이 아니라 제 성향 때문에 그렇죠. 전 혼자 즐기고 좋아할 뿐 아니라 집단, 군집으로 움직이는 것은 체질상 안 맞아요. 그런데다 까다롭고 까칠하고 독선적이기 때문에 그 비위를 맞춰가며 따르거나 견뎌낼 사람은 거의 찾기 어렵다고 봐야죠. 제자들이 내 제자 할 마음이 없는데 제자로 삼고 싶어도 안 되잖아요. 제자 감이 없는 게 아니라 제자들이 힘들어 하는 것 같아요. 주변에 제자 감은 있는데 어떤 경우라도 믿음과 존경과 사랑을 유지하는 것이 사제지간인데 어려운 일이죠. 제자 감이 없지는 않아요.

그럼 그런 제자를 갖고 싶다는 생각은 있으세요?

옛날에는 생각조차 안 했죠. 항상 독립군처럼 사진을 했고 혼자 하는 것이 너무 편해서 그랬죠. 제가 제일 싫어하는 말이 "우리가 남이가!" 예요. 저는 항상 남이었고 남으로 사는 것이 좋았어요. 끼리끼리 모이고 주고받고 보이지 않은 울타리 치는 '우리가 남이가!' 의 계보의 교주들을 아름답게 본 적은 없어요. 저는 혼자 놓였지만 결국 연결되어 있는 '징검다리' 가 참 좋아요. 저는 쭉 혼자 해왔기 때문에 늘 징검다리를 생각하곤 해요. 그래서 제가 제자를 갖고 싶은 생각이 든다면 이때의 제자는 제 다음에 놓일 '돌' 이라고 봐요. 이때 징검다리가 무엇이냐가 중요한데 제가 생각하는 사진의 정체성일 수도 있고 학문의 정체성일 수도 있고 사진을 통한 인간적 정체성, 즉 동질감일 수 있겠죠. 그런데 이 중에서 최근 사진을 통한 인간적 동질감의 제자를 생각해 본 적이 있어요. 나이 들었나 봐요.

'외롭다.' 라는 이야기인가요? 독립군, 밀사의식이라는 것은 예를 들면 무당이 개인의 삶을 포기하고 그 역할에 천착해야 하는 거잖아요? 외로울 수밖에 없는 건데.

많이 외롭죠. 아니 독한 외로움에 빠질 때가 불쑥불쑥 있죠. 그러나 저의 외로움은 친구나 동료 혹은 동지가 없어서 나오는 외로움은 아니에요. 저는 근원적인 외로움이라고 생각하죠, 벤야민의 〈독일비극의 기원〉 혹은 바로크 시대의 비극처럼 '일방통행로' 의 비극과 외로움 같은 거죠. 오직 한 길, 한 방향으로만 혼자 가야 하는 비극. 물론 저의 성향과 삶의 취향과 살아온 과정에서의 태도가 대화할 상대가 없게 한 것은 사실이에요. 그래서 현실에서 현실적인 문제 때문에 외로운 적 많죠. 그러나 그런 경우는 늘 사진이 있기 때문에 사진을 버팀목삼아 극복할 수 있어요. 이렇게 저렇게 사진으로 포장을 하면 외롭지도 않고 외롭게 보이지도 않아요. 약한 모습을 보이지 않는 이런 모습이 사람들에게 오만하게 보이기도 하나 봐요. 오만하게 보일지 모르지만 그것이 제게는 외로움을 극복하는 모습이에요. 언젠가 누가 말한 적 있어요. "바늘로 찔러도 눈 하나 깜짝 않는 냉정한 사람 같다." 그렇죠. 그렇게 보이죠. 실제로 저를 그렇게 봐요. 인정하죠. 저도 아니까요. 제게 그런 모습이 있다는 것.

그러나 저를 좀 깊이 아는 사람은 예상과 달리 저에게 로맨틱한 면도 있고 감성적이고 여린 따뜻한 본성이 있다고 해요. 이중적인 모습이야 인간이면 다 그렇죠. 저의 본성이 감성적이고 낭만적이고 모질지 못한 본성이 있다는데 동의해요. 가령 저는 반성, 참회, 뉘우치기를 참 잘해요. 아주 어렸을 때부터 그랬어요. 어머니께서 형제들을 야단쳤을 때 가장 먼저 잘못했다 하는 사람이 저였고, 개인적으로 어머니가 혼을 내도 늘 잘못했다 하고 실제로 제가 잘못했다는 생각이 들어요. 어머니는 그걸 아시고 항상 말씀하셨어요. "못을 박으면서도 뉘우치면서 박을 놈이다." 누군가가 제게 당신의 장점 혹은 강점이 뭐냐고 물으면 저는 "반성 잘하고 잘 뉘우치고 참회 잘하는 것." 이라고 말할 수 있어요. 전 종교가 없어요. 그런데도 그래요. 본성이 여리고 모질지 못하다는 거죠.

사진이 직업이 되면 보통 사람들은 일상생활이 힘들죠. 그래서 그저 일상에 환기를 불어넣으려고 사진을 하거나 또 취미로만 하려고 하잖아요. 직업이 될 경우 그게 틀이 되어서 어딘가에 갇혀 있을 것 같은데 사진의 틀에 짓눌린 적은 없으세요?

사진의 틀에 갇혀 있다는 생각을 해본 적은 없어요. 어떻게 신의 부름, 즉 신탁을 받았다고 여기는 사람이 사진틀에 질식할 수 있겠어요. 만약 그런 경우가 온다면 제가 세뇌를 걸거나 다른 포장을 하겠죠. 즉 '너 왜 그러니, 모든 걸 걸었잖니? 이 정도 갖고 뭘 그러니?' 그렇게 세뇌를 걸거나 그럴듯한 무언가로 순간 모면하려 하겠죠. 아주 잠시. 그러나 항상 사진은 제게 신탁이라는 생각이 있기 때문에 어떤 사진의 틀이 힘들게는 하지 않는다고 보죠. 그러나 대신 가족들이 그만큼 힘들죠.

더 이상 그 틀을 견고하게 유지할 필요는 없지 않으세요?

의도적으로 견고하게 유지하려고는 하지 않죠. 단지 현재까지 그렇게 유지해왔기 때문에 안 할 수 있는 상황으로 가본 적은 없는 것 같아요. 새로운 무언가를 해보자고 부산으로 왔는데 안 되잖아요. 결국 서울에서 했던 것, 지난 몇십 년간 했던 일을 또 하잖아요. 마치 미션처럼 사진을 가르치고 글 쓰고 사진 찍고 기획하고요. 그런 것 같아요. 한번 집착하면 끝까지 가는 스타일이요. 질기게 오래가요. 오직 하나만 보고 가는데 그것이 예술가적인지는 몰라도 그랬어요.

그럼 24시간 사진생각만 하세요?

네 거의 그래요. 자는 시간만 빼고 늘 사진 속에 있죠. 늘 생각을 해요. 아니면 책을 보거나, 블로그 속에 있거나 하죠. 한때는 그런 적도 있었어요. 하루 1시간 글을 쓰고, 2시간 생각을 하고, 3시간 책을 읽고 4시간 사진을 보는 '1234의 사진적 삶'을 산 적도 있어요. 매일 규칙적으로……. 아마도 어느 분야든 프로라면 그렇지 않을까 싶어요. 음악 연주자들은 매일 몇 시간씩 규칙적으로 연주 연습을 하잖아요.

그럼 지금 수입은 어떤 걸로 하시는지요?

고정적으로 급여를 받아본 것은 제 인생에서 세 번밖에 없었던 것 같아요. 한전에 다닐 때, 현대건설 리비아 건설 현장에 있을 때, 광주비엔날레 전시팀장으로 있을 때였어요. 2000년 이후에는 근로소득세를 내 본 적이 없었죠. 아주 힘겨웠던 삶은 아니나 늘 불안정한 삶을 걱정했죠. 20년이 넘는 시간 동안 저의 수입은 강의료. 강의료를 갖고 삶을 꾸리고 여기에 잡지 원고료, 책 인세, 틈틈이 전시기획료, 틈틈이 전시서문료, 그리고 아주 이따금 사진 자문료를 수입으로 살아왔죠. 지금은 강의료와 책 인세밖에 없는데 20년 이상을 고정급 없이 버텨온 것이 스스로 장할 때도 있어요. 수입에 대한 스트레스는 여전하죠.

사진을 작품으로 팔아본 적은 없으신가요?

아직은 아닌 모양이에요. 작품을 하는데도 주위에서 작가보다는 평론가로 낙인 찍고 싶어 하는 경우가 많고, 저 자신을 보아도 작품을 팔았으면 좋겠다고 생각 하지만 아직은 마음만 있지 판매를 위한 실전적인 작가의 태도는 아닌 것 같아 요. 작가는 비즈니스, 마케팅도 소홀히 하면 안 되죠. 그런데 저는 소홀히 하고 있거든요. 그건 프로작가의 태도라고 할 수 없죠. 사진이미지를 몇 차례 판매한 적은 있어요. 그러나 아직은 책 출간을 위한 사진을 더 많이 찍고 생각하고 있어 요. 언젠가는 팔아야죠. 평론가는 짧고 작가는 영원하다고 하잖아요.

왜 주위에서 작가로 인정하지 않는다고 생각하시나요?

그동안 쌓았던 평론가의 이미지가 강해서 그런 모양이에요. 작품은 누구나 만 들 수 있고 작가 또한 누구나 될 수 있는데 평론가라고 못할 게 없죠. 그러나 제 경우는 평론가로서 인상이 워낙 강하기 때문에 작품의 질, 수준과는 상관없이 작가로 가는 것을 허용치 않는 기운이 강한 듯해요. 영원히 평론가로 남아주길 바라는 것일 수도 있고요. 저도 그런 분위기는 이해돼요. 그러나 작가는 오래 해 도 평론은 오래 할 수 없죠. 부산에 온 이후로는 평론행위를 거의 하지 않았어 요. 그럼에도 평론가라는 인식이 아주 뿌리 깊게 박혀 있나 봐요.

핵심 가치는 평론에 있어야 한다는 거네요.

그런 모양이에요. 아직은 저도 그리 생각해요. 제 안에서도 작가라는 생각이 자연스럽지 못해요. 글 때문에 그렇다고 봐요. 평론 글은 아니지만 사진에 관해 매일 글을 쓰거든요. 블로그 포스팅을 매일 하고 매일 사진을 보고 매일 사진을 품평하거나 해석하는 일을 하죠. 그래서 작업은 하지만 프린트를 하고 액자를 만드는 판매 준비까지는 마음이 따라가지 못하고 있어요. 또 작가는 많고 평론가는 적기 때문에 저의 가치를 평론에서 찾으려는 분도 있고, 또 현실적인 이유로서 요즘 너도나도 작가이기 때문에 평론가보다 작가로 나갔을 때 경쟁력, 이점이 없다고 보는 분들도 있죠. 작가보다는 제게 평론가의 길, 혹은 사진이론과 담론에 매진하는 모습을 바라는 것 같아요.

작가들과 구별되는 평론가만의 사회적 역할 혹은 문화적 의미가 있는데 선생님께서는 평론가의 역할은 무엇이라 보세요?

평론가의 역할에 관한 이야기는 저보다는 유학 때 절 가르친 스승님이 하신 말씀이 좋을 듯하네요. 이렇게 정의를 내려주셨죠. "평론가는 정원사와 같다. 새싹에서 고목까지 끝없이 돌봐주는 정원사의 역할이다. 어린 새싹은 뿌리가 뽑히지 않도록, 말라비틀어지지 않도록 흙을 밟아주고, 물과 거름을 주어야 하고, 뿌리를 내린 잔목은 바람에 견디고 몸통이 튼실하도록 버팀목을 세워주고, 곧게 뻗도록 잘 살펴주고, 몸통과 가지를 내뻗은 대목은 사용처가 분명하도록 형태를 잘 잡아주면서 못난 것들은 가지치기하고, 한 세월 보낸 고목은 과감하게 가지를 쳐서 영광스럽게 오래 살아 있도록 하는 정원사와 같다."라고 했죠. 저도 그리 생각해요. 평론가는 정원사 역할이에요. 저도 정원사처럼 되려고 늘 생각해요.

새싹들에겐 관대하게 하고 배병우 선생님과 같은 고목은 전설로 남을 수 있도록 과감한 가지치기(비평)를 하는 편이죠.

그런 정원사의 역할을 자신에게도 하나요? 혹은 스스로 할 수 있나요?

그러긴 어려운 것 같아요. 저 자신에게 관대했다가 혹독했다가 싸늘했다가 하는 것은 어렵죠. '중이 제 머리 못 깎는다.' 는 말과 크게 다르지 않아요. 작가의 역할과 평론가의 역할을 동시에 수행하기는 어렵다고 봐요. 다만 특정 사진의 공간, 가령 블로그에서는 두 가지가 가능한 것 같기도 해요. 부드러움과 강함, 어린애와 어른 역할이 시시각각 동시적으로 수행되기도 해요. 자신을 타이르기도 하고 윽박지르기도 하고. 제 블로그는 일기와 같죠.

올해로 사진 인생 30년인데 한 단어로 압축하시면 뭐가 떠오르세요?

운명. 운명이란 단어가 떠올라요. 지난 30년은 제게 운명의 길이었다고 봐요. 운명이 아니고서야 어떻게 험난하고 거친 길을 올 수 있었을까요? 지나온 사진 인생의 시간표를 보면 스스로 운명적, 숙명적이었다는 생각이 들어요. 예정된 수순의 시간표였으니까요. 징검다리 이야기도 했었는데 이 또한 운명의 징검다리라고 봐요. 운명적으로 내몰린 혹은 이끌림의 징검다리 역할. 다소 과장하여 말하면 '네가 한 시기 그 징검다리 역할을 해줘야 한다. 그래야 또 다른 사람이 너를 밟고 네 뒤에 징검다리 돌을 놓을 거다.' 이런 운명론의 최면에 빠지면서 스스로 다짐하죠. 한국사진이 제게 한때의 징검다리의 역할을 맡겼으니 맡은 바

일에 최선을 다하자고요.

지금까지 징검다리를 여러 개 놓으셨는데 더 놓아야 할 징검다리가 있을까요?

욕심의 문제죠. 생각한 것들은 있어요. 사진에 대한 심층적인 인문교육 혹은 사진 인문학 서적을 펴내고 싶고, 또 〈사진철학의 풍경들〉에 이어서 〈사진예술의 풍경들〉, 〈사진역사의 풍경들〉, 〈사진미학의 풍경들〉 등 '풍경들 시리즈'를 통해서 사진학을 관류하고 싶어요. 그래서 제게 아직 남아 있는, 더 놓아야 할 징검다리가 있다면 그것은 아마도 출판 쪽 일이 아닌가 싶어요. 부산을 떠나면 심각하게 출판에 대한 생각을 해볼 참이에요.

사진이든, 평론이든, 출판물이든 선생님만의 코드 혹은 음색은 어떻게 만들어지나요?

글쎄요. 정확히는 잡히지 않아요. 제 밑에서 공부하는 어떤 분이 그러더라고요. "우리 선생님이 살고 있는 '성(城)'은 무슨 성?" 답은 감수성(感受城)이래요. 개콘 차용이죠. 그때 생각해 본 적 있어요. 저의 코드 혹은 음색이 감수성에서 비롯하는 것인지. 감수성이라 하더라도 정확히는 모르겠어요. 태어날 때부터 감수성이 있었는지 아니면 성장 과정에서 후천적으로 싹튼 건지 아니면 두 개가 뒤섞이거나 꼬이거나 변형이 일어난 감수성인지 모르겠어요. 감수성 이야기는 많이 들어요. 그것이 저의 사진, 평론, 책들의 공통 코드인지 어떤 저만의 음색일 수 있는지는 모르지만요. 그러나 저는 이성적인 측면, 논리적인 측면, 객관적인 측면의 책도 많이 썼어요. 이게 안 되면 이론서를 쓸 수 없죠. 평론도 마찬가지고요. 10대, 20대 때는 감성이 강했던 것 같고, 30대, 40대는 논리 및 이성이 강했던 것 같고, 50대에 들어서면서는 다시 감성이 강해지려 한단 생각이 들어요. 논리를 포기하지 않는데도 말이에요.

감성과 논리를 통해서 사진성이 그토록 견고해지신 건가요?

감성적 측면은 타고났다기보다 문학적 성향, 즉 삶의 경험으로서 성장 과정에서 온 것 같아요. 저는 기술계통에서 공부하고 종사했기 때문에 인문학적인 교육과 소양을 갖출 수가 없었어요. 오직 독서가 전부였죠. 청소년기에 뿌리가 너무 깊이 박힌 '외톨이(소외감)' 역시 상처 깊은 삶에서 비롯되었고요. 문학(적) 감성을 어두운 삶의 조건에 있는 사람들이 토해낸 공유된 감성적 스토리텔링이라고 본다면 저 역시 그런 게 아닌가 싶어요. 사진성(寫眞性) 이야기가 나왔으니까 말인데요. 저와 사진이 너무 닮았다고 생각해요. 사진의 빛과 그림자(명암)는 제 안의 빛과 그림자예요. 또 저의 사진, 글, 생각이 논리 안에서 항상 감성의 진폭을 키우는 것도 사진성과 닮았어요. 감성을 논리가 받치기도 하고 논리를 감성이 보완하기도 하면서 서로 견고해지는 것 같아요.

극적인 스토리텔링을 즐기시는 것 같아요. 그래서 그 안에서 나오시려 하지 않는 거죠. 누군가에게 보여주지도 않고 스스로 반추하면서 즐기시는 것 같아요.

그런 측면이 있어요. 마음으로만 구축되는 어떤 극적인 요소. 높은 담, 이중

삼중으로 견고하게 둘러친 시크릿 가든 같은 그런 식의 비밀스러운 스토리텔링을 즐기는 편이죠.

사람이 사용하는 단어가 바뀌면 그 사람이 바뀌는 거거든요. 앞으로 몇 년 사이에 새로운 변화가 있다면 바뀌는 단어가 무엇일지 궁금하네요.

제가 잘 쓰는 말이 어둠, 상처, 운명, 숙명이란 말이고 잘 안 쓰는 말이 봉사, 베풂, 나눔 같은 말이에요. 정말 제 입에서 잘 안 나오는 말이죠. 또 제가 거의 안 쓰는 말들이 하나님, 예수님, 성경, 성서, 신성, 기도, 은혜, 영광 같은 단어예요. 이런 말을 제가 앞으로 쓴다면 사람이 바뀐 거겠네요. 두고 보죠.

제가 아는 교수님 한 분이 정말 수도승처럼 사시는데 그분이 "수업강의도 싫고 봄바람이 들었나봐. 한 번도 30년 동안 휴강을 해본 적이 없는데 수업 들어가기가 싫어" 라고 하시더라고요. 이런 변화는 뭘까요?

잘은 모르겠지만 몰락이라는 덧없음에 대한 인식이 아닌가 싶어요. 특히 너무도 사랑했던 것에 대한 한 순간의 무의미, 아무리 사랑했던 것도 한순간 의미 없음으로 귀결되는 몰락의 감정이라고 저는 보고 싶네요. 저도 그럴지 모르겠어요. 제가 그토록 사랑한 사진에 대해서요. 사진이야기에 대해서요. 사진학에 대해서요. 전 정말 사진에 대한 사랑이 깊거든요. 사진에 대한 사랑의 순도, 저 스스로 놀라울 정도로 깊어요. 너무 깊고 크기 때문에 어느 한순간 무의미의 출몰, 몰락의 감정을 경험할지 모르겠네요. 그 교수님을 이해해요. 30년 동안 휴강 한 번

하지 않았다면 저의 30년 변함없는 사진 사랑과 같지 않을까 싶네요.

**주로 쓰는 단어나 옷……. 이런 것 중 이제 무겁고 재미없다. 버리고 싶다. 그런
게 있으세요? 기억이라든지…….**

시간의 '자국'에 대한 탐닉이 강한 것 같아요. 또 어떤 것에 '집착'이 강해요.
이런 것들로부터 정말 자유롭고 싶어요. 제게는 무거운 것들이에요. 그런데 아
직 책, 사진에 관계된 것들은 그럴 마음이 없어요. 버리고 싶지 않아요.

인간관계는 어떠세요?

제가 까칠한 편이고 술도 잘 못하고 저 자신을 어떤 경우라도 무장해제를 안 하
니까 당연히 인간관계는 원만할 수가 없죠. 또 저는 한순간 싱크로 접점에 의해
서 독선, 오만, 이기, 질투, 장악이 돌출하기도 하니까 이 역시 인간관계를 원만
하게 못하죠. 꺼칠한 사람이에요. 그래서 상대적으로 포근하고 이해심 많고 마
음이 넓은 사람에 끌리고, 또 조용하고 차분한 사람에게 끌리죠. 저와 정반대인
다정다감하고 조신한 사람을 원하는데 그저 희망일 뿐이죠.

요즘 가장 자주 만나는 분은 누구세요?

부산에 첫발을 내디뎠을 때부터 지금까지 사진적 삶을 함께 공유했던 저에게서
사진을 배운 사람들이에요. 부산을 떠나야 하니까 더욱 더 시간을 내서 그들과

만나고 있죠. 애정이 많았어요.

디지털 테크놀로지가 발달하면서 사진을 향유하는 방식도 바뀌고 있어요. 이런 부분에 대해서는 어떻게 생각하세요? 미래의 전망이랄까요.

사진이라는 것은 태생적으로 자본과 기술의 사생아니까 결국 자본과 기술이 어떤 식으로든 합작하면서 바뀌어가겠죠. 단, 부정적이냐 긍정적이냐는 아무 의미가 없어요. 사진은 172년 동안 변하지 않은 때가 없었어요. 늘 자본과 기술이 결탁하여 변화시켰죠. 늘 그 시대의 자본과 기술의 논리에 따라갔으니까요. 단, 자본이 어떤 생각을 가지든 혹은 기술이 어떻게 이끌든 그것들에 잘 적용해왔죠. 그러나 미래의 사진의 모습, 즉 카메라의 미래 형상은 점치기 어려워요. 고작 5년 정도 앞을 내다볼 수 있을지 몰라요.

사람마다 숭고함을 느끼는 주제가 조금씩 다를 수 있잖아요? 특별히 애착을 가지는 주제가 있으세요?

'길'이라고 당당하게 말할 수 있죠. 작년에 제이피 모건(J.P.Morgan)이 제가 찍은 길 사진으로 신년 캘린더를 제작했는데 첫 장을 넘기자 '길의 사진가 진동선'이라고 썼더군요. 맞아요. 저는 길을 좋아하고 길에 대해 숭고함을 느낍니다. 아마도 저의 영원한 주제, 영원한 소재, 영원한 대상으로서 분신 같은 '영원한 거울'일 것입니다.

살아오신 이야기를 들어보면 상상계가 없었던 것은 아닐까 하는 생각이 드네요.

그렇지는 않았어요. 상상계와 현실계를 넘나들었죠. 단 표현 못했거나 드러내지 못했을 뿐. 또 문학적 코드 안에서는 상상계가 더 많이 자주 작용할 때가 많았고요. 또 직관을 가볍게 보지 않았으니까 현실계와 상상계를 대척으로 나눈다고 했을 때 제가 관념을 건드리는 것을 좋아하기에 상상계는 꼭 있었죠. 그러지 않았다면, 만약 그 상상계가 지극히 도구적이거나 단순히 기술적 도구를 응용하는 것이거나, 포토샵을 이용한 유희성에 머문다면 아주 낮은 준위의 상상계이겠죠. 사진이라고 하는 것은 스스로 만들어내는 그 자체가 아니라, 남의 몸을 빌려서 말하는 방법이에요. 상상을 넣지 않으면 표현될 수 없어요. 상상 없는 표현은 없으니까요.

블로그에 선생님의 모습을 거울을 보고 찍은 사진이 있던데요.

나이 먹으니까 나의 초상에 대한 관심이 커졌어요. 지극히 자기반영적인 자기 거울적인 행위죠. 아까도 말했는데 시간의 흔적에 대한 의식 및 감정 출현 때문에 그렇죠. 젊은 사람들은 자랑하고 싶어서 나이가 든 사람들은 숨기고 싶어서 거울을 보는 거죠.

그 거울을 본다는 의미가 뭔가요?

제 경우는 거울 속에 있는 나를 보고 불쌍하다고 말하죠. '너 힘들었다.' 말해보는

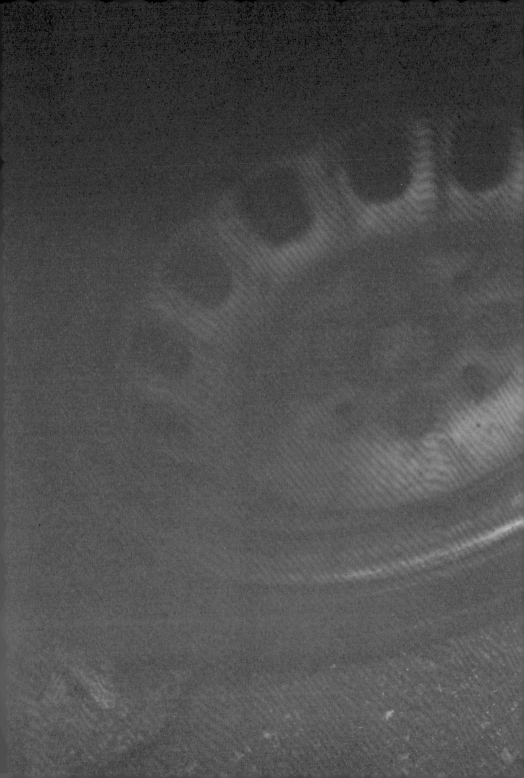

거죠. 그것을 보여주는 지금과 같은 인터뷰와 같은 거죠. 남이 찍어준 걸 가지고 그걸 보면서 고생했다 하고 스스로 말해주고 싶은 거지요. 나이 들어서 거울을 보면 '너 힘들었어. 고생했어.' 가 나오거든요.

고생 버전으로 볼 수도 있지만 어떻게 뒤집어서 얘기하면 기회와 운과 조합되어서 넘어온 찬사 버전으로 스토리텔링을 할 수 있지 않나요?

맞아요. 고생 버전이지만 그랬기 때문에 성취도 있었던 거고, 횔덜린의 말처럼 절망 속에 구원도 자라난 것 같아요. 또 벤야민이 독일(바로크) 비극의 기원에서 말했던 것처럼 절망과 희망의 몽타주는 근본적으로 비극으로부터 출발하는 것 같아요. 처음에는 고생이었지만 나중에는 찬사가 되었다는 스토리텔링은 너무 뻔한 것일지 몰라도 문학과 예술의 역사적, 원형적 혹은 영원한 서사구조라는 점에서 여전히 유효하다는 생각도 들어요. 어둠 없는 빛이 아무런 의미가 없듯이 말이에요.

같은 스토리를 밝고 행복한 버전으로 만들 수도 있는데

아직은 아니에요. 아직은 밝고 행복한 버전은 버거워요. 저는 아직 어둠이 좋아요. 그렇다고 어둠이 비극이라는 말은 아닙니다. 제 안에, 그리고 사진에 모두 무언가를 솟구치게 하는 근원이자 본질이라는 거죠.

미련이 많으신 것 같아요. 보상에 대한 기대를 놓지 못해서 더 자유롭게 펼치실 수 있는데 계속 짐을 지고 계시는 것 같아요.

보상의 기대 때문인지 결핍의 두려움 때문인지는 모르겠어요. 그러나 누군가가 알아준다면 혹은 보듬어 준다면 묵은 짐에서 벗어나 더 자유로울 수 있겠죠. 그러나 그렇게 되면 이제 사진은 없는 거죠. 결핍이든 미련이든 그것이 사라졌다면 이전보다 자유롭고 이전보다 행복할 수 있을지 몰라도 제게 사진은 끝난 거죠. 밀사 역할이 사라졌다는 것이 좋은 것인지 안 좋은 것인지 판단 내리기 어렵네요.

그렇겠죠?

네. 만약 어떤 답이 있다면, 미련과 보상 사이에 어떤 절충의 모습이 있다면 이런 게 아닐까 싶어요. 그렇게 한 인생 걷다 보니, 사진의 한 인생 어느덧 돌아보니 아련한 상흔, 독한 애무의 상처 자국만 남았더라, 이런 거요. 이런 게 멋있겠단 생각이 들어요. 지금까지 제가 쓴 책들의 머리말을 보면 비슷한 결말의 스토리텔링 혹은 감정들이 많아요. 절충을 해도 역시 비극은 떨쳐내지 못하네요. 그게 영원한 거울로서 저인가 보네요.

최근에 시칠리아를 다녀오신 걸로 알고 있는데요.

네. 시칠리아에 다녀왔지요. 소설가 김영하고는 관계가 없는데 그와 비슷한 생각을 했던 것 같아요. 김영하가 시칠리아 다녀와서 쓴 책이 〈네가 잃어버린 것을 기억하라〉였죠. 그런데 역시 그 책과도 관계가 없었는데 저 또한 시칠리아를 가야 하는 이유가 '잃어버린 것을 기억하라.' 였어요. 저 역시 시칠리아에서, 시칠리아의 어떤 길에서 잊고 싶고 지우고 싶고 그것들을 통해서 제가 무엇을 잃고 또 무엇을 잃지 않았는가를 알고 싶고 찾고 싶고 보고 싶었죠. 오래전부터 몇 가지 이유 때문에 시칠리아에 가고 싶었는데 그러다가 내 안의 무언가 강하게 부채질을 하는 바람에 홀쩍 떠나게 됐죠. 이래저래 한 번 정리가 필요했던 시간, 공간의 변화였다고 봐요.

어느덧 55라는 제 나이, 25번의 이사준비, 떠나고 싶지 않았던 부산과의 이별, 어느새 맞이하는 30년 사진 인생 등등, 제가 잃어버린 것, 놓친 것, 그리고 여기에 또다시 새롭게 얹혀야 할 것까지 큰 틀에서 정리가 필요했었죠. 보름 정도 다녀왔어요. 한 마디로 사색과 성찰의 여행? 이전까지의 여행이 어떤 도시, 거리, 공간에 대한 낯섦의 여정이었다면 이번 시칠리아는 깊은 호흡으로 돌아보는 시간의 의미였던 거 같아요. 여기에 하나 더 추가한다면 저의 (사진적)화두의 변화였죠. 가장 최근의 책 〈사진철학의 풍경들〉의 프롤로그에도 썼지만 궁극적으로 저는 사진을 통해서 삶의 근원, 존재의 근원, 아름다움이라는 미의 근원에 다가서고자 해요. 결국 사진을 하는 이유는 어떤 근원(참된)의 아름다움과 숭고함이죠. 길에 서서, 사진을 통해서 '세상을 아름답게 보는 법', 길에 섰을 때 '세상을 아름답게 표현하는 법', 길에서 멀어졌을 때 '세상을 사랑하는 법'을 배우는 거죠. 오로지 길에서, 현실과 직면한 사진을 통해서만 얻을 수 있는 삶의 성찰인 거죠.

그래서 길에서 다가서는 것과 멀어져 가는 것, 흘러오는 것과 흘러가는 것 등 시시각각 다가서고 멀어지는 것, 점점 커지다 점점 작아지는 것, 마주하는 것과 밀려나는 것을 카메라를 통해서 인식하고 돌아와서 사진으로 재인식하는 거죠. 아주 오랫동안 제가 추구하고 구현하고자 했던 사진성이죠. 시간의 문제, 존재의 문제, 그리고 사물과 사물성의 문제죠. 시칠리아에서 좀 더 명료하게, 아주 새롭게 각인하고 싶었어요.

결국 본질적으로는 오래된 주제에서 한 발도 벗어나지 않으셨네요.

네, 그거죠. 나를 찾아 떠나는 거요. 내 안의 것을 확인하는 것, 만나는 것, 새겨보는 거죠. 나를 향한 여행이죠. 늘 그랬던 것처럼……. 길과 사진이 곧 '나다'라는 생각이 계속 드니까요. 길은 그래요. 두 가지 처절한 고독을 안고 있죠. 수평의 고독과 수직의 고독. 수평의 고독은 하염없는 끝이 안 보이는 아득한 길 자체고요. 수직의 고독은 그 수평의 고독을 버팀목으로 서 있는 흔들리는 것들이죠. 전봇대, 철탑, 나무처럼 수직으로 외롭게 흔들리고 있는 것들이죠. 저는 항상 그런 말을 했어요. 길에는 두 개의 고독이 존재하고 있다. 흔들리면서 서 있는 것들과 영원히 끝 모를 아득함으로 누워 있는 것. 그게 길이죠. 저를 닮았고 저를 향하고 저를 기다리고 안아주는 것이 길이죠. 길과 저는 너무도 잘 맞아요.

시칠리아에서 놓친 것이 무엇인지 잃어버린 것이 무엇인지 되짚고 싶다고 하셨는데 실제로 그 길에서 재발견하신 건 뭔가요?

구체적으로 이런 것들을 잃었고 이런 것들을 놓쳤다고 물건처럼 나열할 수는 없을 것 같아요. 그러니까 시간에 대하여, 존재에 대하여, 이를 종합한 저와 사진에 대하여 한 번 더 선연한 '자국'을 들춰보는 것. 그래서 저 자신에 대해, 사진에 대해, 현재의 이런저런 상황들에 대해서 확증하고, 인준하고, 추인하고, 검인해보는 거죠. 그런 것들이 사진의 기능이죠. 사진은 미래의 시점에서 일어나는 과거에 대한 확증, 인준, 추인, 검증 같은 거죠. 길도 그렇죠. 누군가가 걸어주지 않았으면 땅에 불과한 거죠. 길이나 사진이나 결국 자국이고 자국을 통한 증거들이죠.

시칠리아에서 그런 것들을 글과 사진으로 다시 한 번 정리하고자 했던 거죠. 결국은 나의 시간의, 공간의, 존재의 자국은 선명했는가? 하는 거죠. 깃발을 올렸는데 그 깃발이 선명했는가? 올렸는데 얼마만큼 높이 올렸는가? 깃발을 선명히 했는데 얼마만큼 선명히 했는가? 그런 거. 그런데요. 정말 웃기는 것은 돌아오는 팔레르모 공항에서 아침 비행기로 로마 공항을 향하는데 혹시나 로마 - 파리 노선에서 시간 여유가 없어 인천공항으로 못 올까봐서 무지하게 초조했다는 거죠. 그러면서 생각했어요. 역시 나는 영원히 완료형이 되지 못한 '결핍쟁이'구나. 항상 그렇구나, 하면서 만만한 제자(조수석 남자)한테 화를 냈어요.

이걸 뭐라고 해야 하나? 비극적 희극성인데……. 한 박자씩 놓치는 거…….

그래요. 대번에, 한순간에 상상계에서 현실계로 돌아와 버리죠.

그러니까 완전히 머물지도 못하고 이게 상상계랑 현실계를 완전히 이을 수 있으면 꿈이 현실로 되고 그로 인해 어떤 자부심과 자신감으로 연결되기도 하는 코드가 되는데, 마지막 순간 꼭 미끄러진다는 거잖아요. 혹시 무의식 혹은 의도는 아닌가요? 아니면 즐기시거나?

그런 건 아니라고 봐요. 그냥 잘 안되는 거죠. 마음은 그렇지 않은데 기본, 정석, 밑바탕, 즉 바닥이 약한 거겠죠. 아니면 아직 충분한 학습이 결여됐거나 실전적 경험이 부족하거나요. 경험이든 계기든 상황이든 어떤 경우라도 자신이 아니면 누군가가 그러지 않도록 도와주거나 막아주거나 이끌어주거나 완충 및 보완해 주어야 하는데 저는 항상 그 부분이 약하고 도움자의 경험도 없었던 것 같아요. 뭐라 할까 늘 불안전한, 반 토막으로 남아 있는 미완성의 길이라고나 할까요.

무의식과 의식을 연결하고, 상상과 현실을 연결하고, 자아와 타자를 연결하는 어떤 고리 같은 것, 이 고리들이 확실히 있으면 생기가 생기는데 그것이 약하거나 단절되어 있어서 그런가 보네요. 그 연결고리 부분이 척박하다는 느낌이 들어요. 아주 취약한 부분으로요.

좋은 진단이세요. 지난 30년 사진 인생을 정말 바빠 살았기에 원인도 진단도 처방도 내릴 수 없었죠. 저 자신이 몸이고 대상이라 어려우면 다른 사람이, 가령 가족이나 친구가 진단과 처방을 내려주거나 혹은 완충자로서 연결고리가 되어주어야 하는데 그러지 못했죠. 제가 워낙 혼자, 고립에 강했었으니까요. 제 삶에서 진정 어떤 완충의 유격이 필요했는데 제가 그 유격을 만들지 못했고 다른 사람으로부터도 제공받지 못했던 같아요. 그래서 너무 틀어진, 아니면 너무 멀어진 거리 속에 놓여 버렸죠. 그러나 모르겠어요. 어떤 것이 더 나다운 것인지는.

이제는 유격을 재조정할 단계가 아닐까요? 일종의 연결선의 회복인데 못하거나 피하고 있는 건 아닌가요? 두렵거나 거부 말이에요. 마지막 순간에 놓아버리는 어떤 거부 혹은 반동형성 같은 거.

이거다, 라고 말할 수 있는 건 없네요. 하나만의 이유는 아닌 것 같아요. 복합적인 거죠. 절대 하나일 수가 없죠. 다 맞물려 있기 때문에 하나의 답으로는 어렵다고 봐요.

본인은 늘 마이너리티라고 생각하고 또 피해를 입었다 하면서도 그렇다고 메이저리티에 편입되고 싶다거나 그쪽으로 가고 싶은 생각이 없으면서 또 어떤 때는 그쪽을 배척하는 다중적 마인드도 갖고 계시단 말이에요. 그런 양가적 감정이 깊이 자리하는데 제가 볼 때 하나로, 가령 여기서 치고 나가서 메이저리티가 되셔야 더 큰 역할을 하실 수 있을 거라고 봐요. 그런데 그렇게 되는 것을 두려워하시는지요?

자신이 없어서라기보다 불편하다는 것이 솔직한 대답이에요. 메이저리티로 가면 정치적이어야 살아요. 전 정치적인 것에 자신도 없을 뿐만 아니라 아주 불편해요. 아무래도 과거의 전무한 경험, 학습, 환경 때문이겠죠. 가령 몇 주씩을 고생해서 전시준비를 마쳤는데 정작 하루 전날 극심한 스트레스에 빠져요.

오프닝 리셉션 스트레스죠. 또 가령 TV에서 어떤 행사 테이프커팅 장면이 나오면 혹시 누가 테이프커팅을 떨어뜨리지 않나 주목하죠. 행사 세리머니에는 관심이 없고요. 그게 낯설고 자연스럽지 못하고 불안, 불편을 항상 따라다니게 해요. 자신감하고는 전혀 상관없어요. 저는 청중이 많을수록 보는 사람이 많을수록 강의에 더 자신이 생겨요. 힘도 생겨요. 그러니까 자유로운 것이 아니라 가식적인 행사에 약하다는 거죠. 정치적인 것에 빵점.

위기에 강하고 기회에 약해 보이는 메커니즘의 작동이네요.

맞는 것 같네요.

놓치고 잃어버린 것들에 대해서 연민은 강하지 않으세요. 쉽게 포기는 하세요?

놓치고 잃어버린 것에 대한 연민이 약하지는 않는데 원인이 누구에게 있고 제가 그 과정에서 제 의지가 어느 정도 개입(혹은 회피나 방관)했나에 따라 쉽게 포기하는 면도 있죠. 그럴 때는 포기 혹은 잊는 걸로 달려가요. 오래 담지 않죠. 잃어버렸다고 질질 끌고 가거나 되돌리려고, 되새기려고 애를 쓰지도 않고. 어느새 나와 주는 노트의 공백처럼요.

되돌이표처럼 돌고 있네요. 의도적으로 미완을 즐기고 계신다고 해야 하나? 운명이다 어쩔 수 없다 말하지만 사실은 알고 보면 의도가 있거든요?

저 자신이 의도와 본능의 차이를 정확히 구별 못하겠어요. 수많은 일 속에서 하나의 시스템, 프로그램처럼 작동하고 있으니까요. 근본은 분명히 그렇지 않은데 실제는 달리 나타나니까. 의도적으로 그렇게 하려고 한 것이 아닌데. 그렇다고 그게 제 본능이라고 말할 수도 없고요.

길을 통해서 궁극적으로 아름다움, 숭고함, 사랑을 말하고 싶다고 하셨잖아요.

네 그래요. 이렇게는 안 하고 싶은데 하고 있는 것. 어렸을 때 남의 집에서 밥 얻어먹을 때 느끼는 양가적 감정이죠. 안 얻어먹어야지 하면서 얻어먹고 있는 것. 뭐 그런 거라고 할까요. 의도도 아니고 본능도 아닌 어정쩡한 것. 혹은 연기나 연극 아니면 너무 현실 같은 상황극이라고 할 수 있을까요? 아주 어린 시절 현실이 연극이 돼버린. 어렸을 때도 그랬고 지금도 연극을 싫어해요. 연극의 과장됨이 싫어요. 그것이 연기, 연극의 본질인데…….

통제력이 굉장하세요.

네. 가령 사랑을 갈구하면서도 남이 나를 사랑하는 것은 막아요. 또 필요할 때만 받고 싶죠. 항상 받고 싶은 게 아니라요.

욕망을 두려워하세요?

그런 게 있죠. 없을 수 없겠죠. 그러나 또 자세히 보면 어느새 포기, 단념해요.

감당할 수 없다거나 불가능하다는 답이 나오면요, "아마 저 포도가 실거야", 신 포도 이야기 같은 거죠. 그런 게 제게 있어요.

'진인사대천명' 같은 태도도 있으신데 그게 진짜라면 회한과 아쉬움 같은 것이 있어야 하는데 안 느껴져요. 진짜로 그것을 받아들이는 느낌? 그것은 또 무언가 요? 아직도 무언가가 남았다는 말인가요?

아까 얘기했듯이 가히 사진이 제게는 종교에 가까우니까 그럴지 몰라요. 아니 면 미완성의 길이 스스로 받아들이는 숙명성 같은 것 아닐까요. 사진은 아무리 힘들어도 힘들게 느껴지지 않는 자연스러운 체념, 순응이 녹아 있고요. 길은 그 러다가 또 언젠가는 미완성 부분이 완성될지도 몰라, 라고 미래 기대 혹은 미래 바람을 포기하지 않는 거죠. 이 역시 자연스럽게 뒤로 밀쳐놓고 확정짓는 게 아 니라. 그래서 회환, 아쉬움이 쉽게 표현되지 않는 것 같아요. 마치 십자군처럼 기꺼이 희생할 준비도 되어 있고, 그러면서도 미래의 가치를 유보하거나 여지 를 남겨두고요.

선택한 것에 대한 백 프로의 헌신 말고는 다른 곳에 눈을 돌리지 않는군요.

출발 때부터 단추가 그렇게 꿰어져 있기 때문이죠. 정상적으로 부모로부터 카 메라를 받아서 혹은 집안에 예술 하는 사람이 있어서 사진을 한 게 아니라, 계 속해서 내가 만들어가는 기형적 관계에서 맺어지고 또 맺어지면서 매듭이 되 었으니까요. 잘 알지도 못하고 알 수도 없는데 아는 것처럼, 아니면 늘 알면서 가야 하는 끝없는 어긋남의 행진 같은 것. 그러나 행진은 하는 모습. 가야 할 길이니까요. 갈등은 하지만.

길 사진에서 특히 자동차와 전봇대를 사랑하시는데 상징하는 바가 무엇인가요?

왕가위 감독의 영화 〈해피투게더〉의 코드와 비슷해요. 동성애자 두 사람이 자기가 처해있는 현실을 극복하거나 위로받고자 어딘가를 가요. 한 곳이 이구아수 폭포이고 다른 한 곳은 등대예요. 그 두 사람은 이구아수 폭포 앞에서 이렇게 말하죠. "우리의 눈물은 눈물도 아니야. 우리의 울음소리는 소리도 아니야. 폭포의 눈물과 소리에 비하면……." 그렇게 위로를 받죠. 이구아수 폭포로부터.

그리고 등대는 원래 두 사람이 가기로 했는데 싸우고 헤어지고 이별함으로써 한 사람만 가게 되죠. 그 한사람이 등대 앞에서 이렇게 말하죠. "우리의 고독은 그리고 지금 나의 고독은 이 참혹하게 (육지로부터) 떨어진 버림받은 등대에 비하면 고독하지도 참혹하지도 않아,"라고요. 저도 그래요. 제 길 사진에 자동차와 전봇대가 나오는데 자동차는 이구아수 폭포와 같은 상징이고, 전봇대는 등대와 같은 상징의 코드라고 봐요. 아마도 영원히 변함없이 그럴 거예요. 그게 저니까. 제 마음 같은 상징이니까. 남의 몸을 빌려 말하는 사진의 코드니까요. 반드시 일치한다고 보장할 수는 없지만 감정이입, 예술과 표현의 본질이고 근원이죠. 그것이 그 몸인 하나가 되어 그것이 누구인지, 그 누구인지를 보장받는 것. 그렇게 하므로 정체성이 살아나고 판명되는 표현의 본질 말이에요. 그것이 나인, 나의 마음인 이퀴벌렌트(equivalent, 등가 감정)죠.

사진은 변수가 아주 많은 테크놀로지의 결정체잖아요.

전 테크놀로지에 큰 기대를 하지 않아요. 그저 도구니까요. 탐도 없어요. 사진의 메커니즘, 즉 기계적, 기술적 기법은 아주 단순해요. 사진의 기술적인 기법 혹은 수법이 교육적인 측면에서는 중요하다고 말을 하지만 저 자신에게 있어서는 그냥 살붙이예요. 차이나 차별이나 구별조차 안 해요. 세상을 표현할 때는 크게 개의치 않아요. 주어진 대로 가죠. 결국 내 몸, 내 눈, 내 마음이 본다고 생각하니까.

그래도 경험적인 노하우가 없으면 아무리 이해하려고 해도 익숙지 않거나 이해되지 않잖아요? 선생님의 이전 이력, 즉 전기나 공학적인 것이 사진과 관련되지는 않았을까요?

이미 한 번 말한 적 있는 빛의 근원(한전), 노출(어둠을 밝힘)의 근원은 연관되죠. 라이팅으로서 빛이나 노출이라고 하는 어둠을 밝힌다는 것은 기술적, 공학적인 몸(하드웨어)이 철학적, 인식적 내면(소프트웨어)와 만나고 있다는 것을 말해주죠. 그것만 제 사진과 관련된다고 봐요.

시칠리아 책의 제목을 생각해 둔 게 있으세요? 어떻게 붙이시려고 하세요?

글쎄요. 제목은 출판사와 의견을 나눠야겠죠. 그러나 한 가지는 분명해요. 그것 역시 그 몸에서 나와야 하고 그 몸임을 지시해야 해요. 들뢰즈가 육이라고 했던 육질(flesh) 같은 것 혹은 살갗 그 자체요. 시칠리아이면서 동시에 나일 수 있는

제목을 출판사와 이야기 나눠야겠죠. 아마도.

두 가지를 대비하셔도 되지 않을까요? 예전에 제가 좋아하는 피아니스트 글랜 굴드가 바흐의 골든베르크 변주곡을 20대에 쳤던 것과 50대에 쳤던 것의 레코딩을 한 앨범에 담은 게 있는데 콘트라스트가 같은 곡이라고 느껴지지 않을 정도더라고요. 일단 플레이하는 속도가 완전 다르고요 아까 선생님께서 20대는 20대다워야 하고 50대는 50대다워야 한다고 말씀하셨는데 그걸 연주로 보여주거든요. 그랬을 때 1993년의 선생님의 첫 전시 〈The Blues〉가 〈The Flesh〉로 될 수는 없나요. 음양이 한 몸인 콘트라스트처럼요.

글쎄요. 당시 전시를 할 때만 해도 학교교육을 깊게 받지 않았어요. 그저 로버트 프랭크에 경도되었던 때라 그때의 상황을 보면 그야말로 순진한, 어떻게 보면 날 것 같은, 지극히 물질적인(flesh) 면은 있었던 것 같아요. the blues와 the flesh가 콘트라스트를 갖지만 결코 다르지 않은 한몸이라는 거요.

역설이 재밌네요.

그런가요. 당시 제 인물사진을 보면 지금과 다른데 지금의 저예요. 웃기죠.

시칠리아는 전시도 하실 생각 있으세요?

아직 없어요. 모르겠어요. 책이 나왔을 때 어떤 화랑이 책을 보고 하자고 하면

THE BLUES
on the road

진동선 사진전

JIN, DONG-SUN PHOTO EXHIBITION

APR. 1 / APR. 15, 1993   OPEN: APR. 1 5:00 P.M

pine hill gallery

종로구 관철동 영 파인힐5층 **TEL.732-7919**

할 수 있죠. 그러나 여러 사진책을 냈지만 한 번도 전시 의뢰가 들어온 적은 없었어요. 아마도 작가가 아니라서 그랬는지도 모르죠. 평론가니까.

예전에 어효선, 한영수의 〈내가 자란 서울〉이라는 책을 봤을 때 재미있게 느꼈던 게 뭐냐 하면 거기에는 남자애들 여자애들이 함께 노는 게 찍힌 게 없는 거예요. 시대적 상황이 사진으로 드러나기에 사진작가가 의식하지 않았을 수도 있는데 그걸 보면서 남자와 여자가 함께 놀지 않았다는 시대성을 보았죠. 사진은 역사성 못지않게 문화적인 코드가 강해 보여요. 물론 한 개인의 깊은 내면을 들여다볼 수 있고요. 선생님과 선생님 사진도 정말 그런 것 같아요. 제게는 연구대상이에요.

그런가요. 아니 당연히 그럴 수 있다고 봐요. 제가 이태리에서 한 여자가 남자 앞에서 포즈를 취하는데 그 포즈가 너무 이상했어요. 이태리 혹은 유럽의 문화적 토양에서는 그게 아주 자연스러운 카메라를 향한 포즈였는데 제게는 많이 낯설었어요. 기이한 생뚱맞은 포즈 하나에서 사진해석의 역동성과 잠재적 잔상이 현상되어 올라온다는 사실을 한 번 더 각인했죠. 사진은 그런 점이 많아요. 문화적 포즈의 패러다임을 기반으로 하니까요.

제가 심리학자이다 보니 사진 쪽에 담겨있는 여러 가지 것들을 문화적으로 해석해내는 것도 필요하지 않을까 하는 생각이 많이 들어요.

네 잘하실 거예요. 사진 밖의 또 다른 시선(해석)이 아주 중요하죠. 그것이 집단

심리든 개인심리든 사진은 결국 포즈로 나타나는 시간적(역사) 공간적(문화) 어떤 심리의 반영이니까요. 가령 사진에 '예쁜 짓' 이라는 행동포즈가 있어요. 사진에서 이것들이 무의식적으로 작동하는 거예요. 그러니까 카메라는 겉을 찍지만 속을 말하게 되는 표현방식이에요. 무엇을 찍었는지 모르는 사람이 없는 사진을 통해서요. 내면을 향해 들어갈 때 사진은 철학이 되죠.

일리 있는 해석이네요.

사진은 영원한 거울이니까요. 거울과 거울 속은 뿌리는 같은데 다르잖아요. 결국 해석의 문제죠. 사진은 영원한 거울이에요. 그래서 제 블로그 대문도 '진동선의 영원한 거울' 이잖아요. 정말 뜻 깊은 시간이 됐어요. 제가 누군가에게 제 속마음을 내보이기는 태어나 처음이에요.

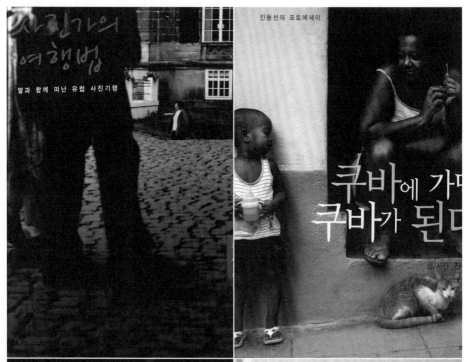

사진가의
여행법

딸과 함께 떠난 유럽 사진기행

진동선의 포토에세이

쿠바에 가디
쿠바가 된디

글/사진 진

올드
파리를
걷다

진동선 글·사진

옛세기 흔적을 따라 파리의 옛 풍경을 추적하고
마침내 사진 속에 파리의 어제의 오늘을 담아내다

북스코프

그대와 걷고 싶은 길.

길은
.. 그리움으로
열린다..

진 동 선 의 힐 링 포 토

사진, 영화를 캐스팅하다

사진, 영화'를 캐스팅 하다

진동선

효형출판

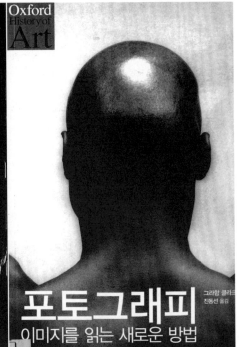

Oxford
History of
Art

포토그래피

그라함 클라크
진동선 옮김

이미지를 읽는 새로운 방법

노블 앤 뽀또그라피

진동선 지음

SIGONGART

좋은 사진

진동선 글·사진

북스크프

A FINE PHOTO

현대사진가론

진 동 선 저

태 학 원

현대사진의 쟁점

Hot Issues of Contemporary Photography

푸른세상

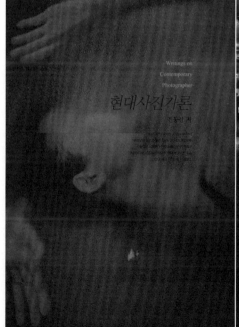

Writings on
Contemporary
Photographer

현대사진가론

진동선 저

한국 현대사진의 흐름

1980-2000

글·진동선

아카이브북스

한장의

진동선

사진미학

사진예술사

빛으로 담은 세상 **사진**
글 진동선

웅진씽크빅

Time in Camera

시간의 풍경

사진 / 김명철·박영무
글 / 진동선

nb

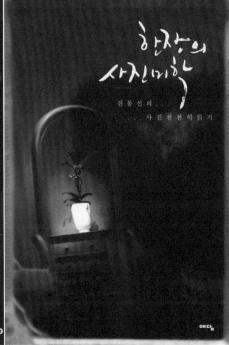

한장의
사진미학
진 동 선 의 ...
... 사 진 천 천 히 읽 기

에디람

Reality

진실의 순간 순간들 진동선 엮음

쿠바에 가면 쿠바가 된다 글/사진 _ 진동선

락마 50 영화보다 재미있는 사진이야기 진동선 지음 마티포즈⌐

나의 여행법 발과 함께 떠난 유럽 사진기행 진동선 사진 찍고 쓰다

의 비가를 찾아서 진동선 지음 G1-2

현대사진가론 진동선 저

의 사진미학 진동선의... 사진 천천히 읽기

Seoul, Atget's View

PHOTOGRAPHY + FILM

진, 영화를 캐스팅하다 진동선 효형출판

올드 파리를 걷다 진동선 글·사진 북스코프

재진의 순간들 진동선의 엮음

세이브 사진 진동선

그리움 등 뭐라그래요 SIGONGA G1-7

한국의 사진문화 진동선 사진예술사

미명의 새벽 진동선 편집
7 Outstanding Korean Photographers Edited by Jin Dong-Sun

시간의 풍경 사진 / 김명철·박영무 글 / 진동선
Time in Camera

현대사진의 흐름 1980-2000 글·진동선 아카이

인터뷰 마칩니다